W0267260

Sandra Hoffmann

Das Leben spielt hier

Sandra Hoffmann

Das LEBEN *spielt* HIER

Carl Hanser Verlag

1. Auflage 2019

ISBN 978-3-446-26433-5

Umschlaggestaltung und -illustration: Enrico Pellegrino, Wiesbaden
Motive: © plainpicture/G. Bursac/Elektrons 08,
© Donyanedomam/iStock
Satz: Satz für Satz, Wangen im Allgäu
Druck und Bindung: CPI books GmbH, Leck
Printed in Germany

FSC
www.fsc.org
MIX
Papier aus verantwortungsvollen Quellen
FSC® C083411

Für Tom und Nikolai

1

Wenn sie balzen, zeigen die Männchen ihre Füße her, sagt Ona. Und wer die blausten hat, gewinnt.

Wie gewinnt? Fragt Pe und schaut dabei seine eigentlich ziemlich braunen an und wie sie neben den etwas helleren von Ona von der Schlossmauer hinabbaumeln.

Den nimmt die Blaufußtölpelin dann eben. Sagt Ona.

Wegen der Füße? Fragt Pe.

Wegen der schönen Füße. Sagt Ona.

Sie streckt ihre Beine, und Pe mag, dass sie nicht so lang und dünn sind, sondern eher ein bisschen muskulös und kräftig. Und wie die sehr braunen Fesseln jetzt unter ihren weiten Hosen hervorschauen, das sieht gut aus.

Die Frauen entscheiden. Sagt Ona und lacht.

Wie bei uns. Sagt Pe. Er legt seine Hand auf Onas Oberschenkel, und Ona denkt, dass sie leicht ist, leichter, als man denkt, dass eine Hand ist.

Gar nicht. Sagt sie, weil einer alleine kann nicht entscheiden.

Doch, sagt Pe, du hast mich ausgesucht.

Und du hast mich nicht gewollt, sagt Ona.

Nein, ruft Pe so laut, dass Ona lachen muss, und Pe lacht auch und schüttelt so sehr seinen Kopf, dass der Ansatz der Narbe ein wenig hervorblitzt unter seinen blonden Haaren, aber nur einen kurzen Augenblick. Dann nimmt er seine Hand von Onas Bein und streicht sich das Haar mit dem Handballen wieder aus der Stirn. So, dass man nichts mehr von ihr sieht.

Ich hab dich nur gar nicht wahrgenommen, zuerst. Sagt Pe. Weil. Dann macht er eine Pause, und Ona versteht es und sie will nicht, dass Pe sich für etwas entschuldigt, wofür er sich nicht entschuldigen muss. Ich weiß doch, sagt sie. Und sie nickt, weil sie immer nickt, wenn Pe das sagt.

Es ist ein Spiel geworden. Wenn jemand sie beide fragt, wie sie zusammengekommen sind, dann erzählt Ona die Geschichte vom Surferjungen am Meer. Und Pe die von einem Jahr später aus dem Park. Und wie er Ona sah, die er schon einmal gesehen hatte, und dass er es plötzlich wusste: Sie ist es! The one and only. Ona.

Ich habe Hunger, sagt Ona.

Auf was? Fragt Pe.

Nudeln. Sagt Ona. Mit Löchern.

Penne? Fragt Pe.

Ja. Sagt Ona.

Mit Tomatensoße. Sagt Pe.

Oder Carbonara, sagt Ona.

Oder Tomatensoße mit Kapern, sagt Pe.

Oder Carbonara mit Zucchini anstelle von Speck. Sagt Ona.

Oder Tomatensoße mit Anchovis und Zucchini. Sagt Pe.

Oder ohne Tomatensoße, aber mit Zucchini und Anchovis. Sagt Ona. Und Parmesan.

Oke. Sagt Pe. So, wie nur Pe okay sagt, mit k und einem e, das länger ist als nötig, aber gut klingt. Und dann sagt er noch ›yeah!‹. Weil so ist es oft, dass sie zuerst ganz unterschiedliche Sachen essen wollen, aber am Ende doch irgendwie das Gleiche.

Und also sagt Ona jetzt auch ›oke‹, und beim langen ›e‹ springt sie von der Mauer hinab zu ihren Turnschuhen, die neben den Espandrilles von Pe stehen. Blau neben Rosa. Und Pe springt ihr hinterher.

Bei Kriedel im Buchladen brennt auch am helllichten Tag Licht, und als Pe den Kopf zur Ladentür hineinstreckt, dingelt das Glöckchen. Kriedels Kopf erscheint im Rahmen zum grünen Zimmer. Ein hellgrauer kurzer Haarschopf über einer hohen Stirn. Hinter den Gläsern seiner Brille blitzen seine Augen, und als er Pe erkennt, fältelt sich die Haut um die Augen. Pe sieht, dass er sich freut. Und er freut sich, wenn Kriedel sich freut, weil Kriedel ist cool. Oder vielleicht auch das Gegenteil davon. Kriedel ist entspannt und schlau und so weiter. Und wenn Kriedel etwas gefällt, leuchten seine Augen, als seien es Edelsteine, sie glitzern ein bisschen, wie Weißwasserwellen in der Morgensonne, so ungefähr, aber Pe denkt, dass das vielleicht auch nur deshalb so ist, weil man die Zähne von Kriedel sehen kann, wenn er sich freut: sehr weiße Zähne für einen älteren Mann. So alt auch wieder nicht, aber fünfzig, fünfzig ist Kriedel sicher, nicht nur wegen der grauen Haare. Kriedel hat Falten, tiefe Gräben am Mund entlang, eine steile Furche zwischen den Augen und ziemlich viele von diesen Sonnenstrahlen rechts und links der Augenwinkel. Mehr als sein Vater, mehr als seine Mutter, viel mehr, das hat Pe schon mehrfach verglichen. Und die sind auch fast fünfzig. Also ist Kriedel vielleicht noch ein bisschen älter, aber gefragt hat Pe ihn nie. Trotzdem. Im Kopf ist Kriedel kein bisschen alt.

Hey, sagt Kriedel, jetzt schon? Und dann steht er bereits in der Tür zum grünen Zimmer und schließlich vor Pe, der immer noch in der Ladentür steht, weil Ona steht auf der Straße, und sie hat Hunger.

Nein, nein, sagt Pe, ich wollte nur fragen: Klappt das heute Abend?

Natürlich, sagt Kriedel. Und dann sieht er Ona. Da ist ja die Lady! Sagt Kriedel, und es ist nicht zu übersehen, dass Kriedel auch Ona gernhat. Manchmal ist Pe deshalb eifersüchtig. Kriedel will nichts von Ona. Kriedel ist wenigstens dreißig Jahre älter als sie. Trotzdem. Ona mag Kriedel auch. Eigentlich ist alles gut. Wichtig ist nur, dass Kriedel ihn, Pe, am liebsten mag. Keine Ahnung wieso.

Ona steht jetzt hinter Pe, und Pe dreht sich um, er legt ihr kurz den Arm um die Schulter.

Dann komm ich so um elf Uhr heute Abend?

Kannst auch schon um halb elf kommen. Sagt Kriedel.

Kommt noch wer? Fragt Pe.

Ich weiß es nicht. Sagt Kriedel. Basti vielleicht.

Basti wäre okay. Denkt Pe.

Dann können wir jetzt endlich kochen. Sagt Ona, und sie legt ihren Arm um Pes Oberkörper, und Pe spürt ihre Brust an seinem Rücken und Onas warmen Körper an seinem.

Kriedel winkt, als Ona Pe an der Hand nimmt und auf die Straße zieht.

Bis später, ruft Pe.

Und Ona winkt mit links.

Was ist denn das?, fragt Pe, als Ona das Fenster zum Garten öffnet und draußen auf der Fensterbank dieses merkwürdige Häufchen liegen sieht.

Gewölle, sagt Ona, von Feirefiz, manchmal kotzt er das aus. Ona atmet einmal kräftig ein, dann bläst sie den Knuddel mit einem Atemstoß vom Fensterbrett.

Pe kennt sich nicht aus mit Katzen. Onas Kater ist die erste Katze, die Pe näher kennenlernt. Er sieht so buntscheckig und wild aus, als sei er eine Mischung aus allen nur möglichen Katzen dieser Welt. Eigentlich war er der Kater von Onas Mama. Und er heißt Feirefiz, wie der Halbbruder von Parzifal aus so einem alten Roman, weil sie den sehr geliebt hat. Wenn Ona nach Hause kommt, kommt auch Feirefiz nach Hause, und das hört man schon lange davor. Irgendwo draußen im Garten maunzt oder ruft oder schreit der Kater so laut, dass ihn keiner überhören kann. Dann springt er mit einem Satz auf die Fensterbank. Er ignoriert Pe, wirft sich mit den Flanken gegen

Ona, die sich zu ihm hinabbeugt und ihn so sehr wuschelt, dass der Kater sich sofort auf den Rücken schmeißt und schnurrt. Für Pe interessiert sich der Kater erst später am Abend. Erst dann, wenn er bemerkt, dass Pe bei Ona bleiben wird, dass Ona nicht alleine schlafen wird. Dann wirft sich Feirefiz aufs Bett. Wenn Pe sich neben ihn legt, streckt sich der Kater lang aus und seine Krallen tun das auch. Wenn Ona sich ihm nähert, schnurrt er wie ein kleiner Motor.

Ona stellt einen Wassertopf auf den Herd, erst danach holt sie das Futter für Feirefiz aus dem Kühlschrank. Seit er hereingekommen ist, streicht er um Onas Beine, und dabei reden Ona und der Kater, als sei Pe gar nicht da. Und Pe mag das.

Feire, alles gut? Fragt Ona, und Feirefiz macht ein Geräusch, das nur ›ja‹ heißen kann.

Und Ona sagt: Dann ist gut! Aber musst noch warten, sagt Ona, und der Kater guckt an ihr hoch, und Pe denkt, jetzt nickt er, aber das kann auch Interpretation sein. Und dann mischt Ona ihm gekochte Erbsen unters Futter und sagt: Das sieht nicht nur schön aus, es ist auch gesund.

Und der Kater macht wieder so einen Maunzton.

Und so geht es weiter, bis Feirefiz seine Schüssel hingestellt bekommt und Ona ›guten Appetit‹ sagt und der Kater ein Geräusch macht, das hundertprozentig ›danke‹ heißt.

Und Pe lachen muss.

Und Ona muss auch lachen, obwohl sie nicht recht weiß, warum Pe jetzt lacht, aber es ist ein schönes Lachen, das von Pe, und deshalb ist es gut.

Sie holt ihr Smartphone und verbindet es mit dem Lautsprecher, weil es gut ist, wenn Musik läuft beim Kochen. Weil sie das an Mama erinnert und an Papa auch, an zu Hause also, und auch daran, wie es war, bevor Mama nicht mehr da war. Und sie mag es, dass Pe ihre Playlisten liebt, oder genauer, dass er mag, dass sie Playlisten hat für zum Duschen, für zum Frühstück, für wenn's cool sein soll und für das Gegenteil, für zum Putzen auch und für zum Nachdenken und für zum Nichtsdenken und so weiter. Während Pe vollkommen manisch wochenlang ein Album hören kann, bis er es so über hat, dass er eine Pause braucht und deshalb ein neues hören mochte, das er dann wieder hört, bis er es nicht mehr hören kann. Und so weiter.

Ich hacke eine Chili, sagt Ona, und Anchovis, und du schneidest Zucchini.

Und weil Pe erst kocht, seit es Ona gibt in seinem Leben, also ziemlich ungenau seit drei Monaten, macht er alles, was Ona ihm aufträgt.

Genau deshalb, genau weil alles so einfach war und weil die Penne so gut geschmeckt haben, dass sie zusammen fünfhundert Gramm aufgegessen haben, hat Pe gedacht: Jetzt erzähl ich's! Dann hat er ihr die Sache mit Dani erzählt.

Und danach war nichts mehr einfach. Nicht das Sprechen und nicht das Sich-Angucken, und nicht das Zusammensitzen und nicht das Zusammenstehen, und nicht das Aufräumen von Tellern und Tassen und Gläsern, und nicht, dass die Musik schön war, die Ona laufen ließ. Im Gegenteil, die schöne Musik war zu schön.

Weil Ona gesagt hat: Warum bist du nicht wütend auf deinen Bruder?

Und Pe hat gesagt: Warum bist du nicht wütend auf deine Mutter?

Weil man das nicht vergleichen kann, hat Ona gesagt, weil Mama ist doch nicht mit Absicht gestorben.

Dani ist auch nicht mit Absicht gestorben, hat Pe gesagt.

Aber er hätte dich fast umgebracht. Hat Ona dann gesagt, und dann ist sie auf der Toilette verschwunden. Und Pe hat es nicht mehr ausgehalten. Da. In Onas Wohnung.

Als Pe zu Kriedel kommt, brennt kein Licht. Aber Pe ist sicher, er hat eine Bewegung gesehen, hinten im Laden, als schaue jemand schnell um die Ecke. Er geht einen Schritt zurück, wischt mit dem Hemdsärmel über den Abdruck seiner Handkanten, die sich auf dem Fensterglas abbilden, aber es wird nur schlimmer. Er schnippt noch einmal mit dem Zeigefinger gegen die Scheibe, zweimal hintereinander, dann schlägt er den Takt. Etwas rührt sich im Laden. Auf dem Fenster sieht man den Abdruck seiner Nase, er versucht ihn mit der Elle auszuradieren, aber er verwischt nur. Ganz sicher ist Kriedel da, ganz sicher schläft er in dieser Nacht unten vorm Fernseher. Oder er schläft nicht. Alles, was wichtig ist, tut Kriedel im Laden, und sie hatten doch immer wieder davon gesprochen. Wer schläft denn heute?

Im Laden knarzt der Boden, ein kleines Licht erleuchtet nun indirekt die Philosophie. Ein weiteres Licht scheint vom grünen Zimmer aus in den Laden, Kriedel hat es sich wahrscheinlich schon bequem gemacht. Pe schlägt den Takt noch einmal. Dann, endlich, hört er Kriedels Stimme, leise, nur den bekannten ruhigen Sound; er versteht keine Wörter, aber es ist klar, was er gesagt hat: Ich komm schon! Ganz klar. Pe sieht ihn zur Tür schreiten, vorbei an der Zeitgeschichte, sehr aufrecht, wie immer, aber etwas schwerfälliger als sonst, die Glieder sind vielleicht noch ein wenig im Schlaf. Der Schlüssel dreht sich im Schloss.

Hey, sagt Pe durch die Gitterstäbe hindurch.

Ich öffne, sagt Kriedel.

Ist doch oke, oder? Fragt Pe.

Natürlich, sagt Kriedel.

Ich dachte, zu zweit ist besser.

Zu zweit ist besser, sagt Kriedel.

Gut. Pe spürt seine Freude. Außerdem ist er froh, dass er nicht alleine sein muss nach dem Streit mit Ona. Oder was das war. Er will jetzt nicht daran denken.

Das Laptop wieder ganz, oder?, fragt Pe.

Völlig intakt, antwortet Kriedel.

Klar, sagt Pe, hättest du mir ja sonst gesagt.

Kriedel lächelt, er nickt. Er zieht das Stahlgitter zur Seite. Komm rein, sagt er.

Zum ersten Mal hat Pe zu Kriedel ›du‹ gesagt, ohne nachzudenken. Wieder trägt Kriedel die merkwürdige Hose, die keine Pyjama-Hose ist, aber vielleicht eben doch, und das T-Shirt, das aussieht, als habe er es seinem Sohn abgenommen, aber Kriedel hat keinen Sohn, jedenfalls soweit Pe das weiß.

Pe hat ihm gesagt, das T-Shirt sei so ein Insider-Ding unter Skatern und Surfern, aber das hat Kriedel schon gewusst. Natürlich. Kriedel weiß darüber nahezu alles.

Bin ein bisschen früh, sagt Pe.

Ich habe geschlafen.

Tut mir leid, sagt Pe.

Ist schon gut. Vorgeschlafen, sagt Kriedel.

Pe lacht.

Hinter ihm zieht Kriedel das Gitter ins Schloss und macht die Ladentür wieder richtig zu. Geh ruhig, sagt er.

Ich lass dich vorbei, sagt Pe.

Da ist niemand sonst, antwortet Kriedel.

Auf dem Ledersofa liegen eine Wolldecke und das weiße Kopfkissen. Pe bleibt stehen.

Magst du ein Wasser?, fragt Kriedel.

Nee, hab uns ein Bier mitgebracht. Pe öffnet den Rucksack. Weil, daran hat er noch gedacht, nachdem er von Ona weg ist. Er ist zum Kiosk gelaufen, ein bisschen wie in Trance, und hat zwei Flaschen Bier geholt, kalte, dann ist er wieder zurück.

Kriedel faltet die Decke zusammen, fein säuberlich legt er Kanten und Ecken aufeinander und die Wolldecke ans Sofaende.

Ich mach mich mal zurecht, sagt Kriedel, setz dich. Ich hab das Laptop schon angeschlossen, musst nur noch den Kanal wählen, sagt er.

Pe kennt keinen Menschen, der so alt ist wie Kriedel und sein Laptop an den Fernseher anschließt, geschweige denn, das überhaupt kann oder es tut, um in der Nacht World Surf League zu schauen.

Kriedels Augen schauen hellwach.

Pe stellt die beiden Bierflaschen in den Minikühlschrank in der Miniküche. Es riecht gut darin.

Eigentlich hat Ona an allem Schuld. Nein, Schuld ist Quatsch. Also eigentlich kennt Pe Kriedel nur, weil Ona von Kriedel aus sieben Häuser weiter wohnt. Weil Kriedel gesehen hat, wie Ona ihn küsste, zum ersten Mal küsste, was Kriedel ja nicht wissen konnte, aber er, Pe, trug dabei dieses Shirt. Und Kriedel stürzte aus der Buchhandlung und sagte: Junge, woher hast du das? Dabei zog er an seinem Ärmel.

Und außerdem war Pe verdattert, weil er das nicht erwartet hatte, dass Ona ihn, also Pe, genauer Peer Mensing, wirklich mochte. Obwohl, es hatte Anzeichen gegeben. Warum sonst wollte ein Mädchen einen treffen? Oder warum küsste einen so ein hübsches Mädchen auf der Straße? Nicht im Dunkeln, sondern bei absoluter Helligkeit, mitten am Tag, in der Sonne vor dem Schaufenster einer Buchhandlung, in der doch bestimmt Leute standen. Und dann kam da so ein Mann mit superkurz geschorenem Haar heraus, Sakko an, schwarze Brille auf, groß, riesig eigentlich, und fragte nach seinem Shirt: Woher hast du das?

Keine Ahnung, hat Pe geantwortet, dann aber: Frankreich, Atlantik, Vieux, steht doch drauf.

Machst du es auch selbst?, hat Kriedel gefragt.

Klar, hat er gesagt, ja klar.

Kriedels Augen haben gestrahlt, hell, heller ging's nicht mehr.

Komm mal vorbei, bitte, hat Kriedel gesagt, eher ein wenig gefleht, hat gewartet, ihn angeschaut und plötzlich Ona bemerkt, die einen Schritt zurückgegangen ist und vielleicht auch staunte.

Entschuldigung, sagte Kriedel, ich kann dann nicht anders. Ich hab die Sache einfach zu spät entdeckt. Ist meine Leidenschaft, das Surfen, meine absolute Leidenschaft. Ich habe alles drüber. Literatur. Fügte er hinzu. Alle Literatur.

Ona hat gelacht, sehr süß und gar nicht blöd gelacht, und okay gesagt, etwas fragend, und dann: ist ja cool.

Pe hat auch lachen müssen, ist ja cool, hat er gesagt, weil ihm nichts anderes eingefallen ist, und dann, oke, so wie eben nur Pe oke sagt. Auch weil ihm nichts anderes eingefallen ist.

Und Kriedel, von dem er noch nicht wusste, dass er Kriedel heißt, hat sich nicht von der Stelle gerührt.

Also?, hat Kriedel gesagt.

Und Pe hat das zuerst nicht richtig kapiert, und Ona hat nachgeholfen: Ob du mal vorbeikommst?

Ach klar, hat Pe gesagt, und nicht aus Höflichkeit, sondern weil er es wirklich wissen wollte. Also, was der Typ da stehen hat, wollte er wissen. Surfer-Literatur?

Auf Wiedersehen, hat Kriedel gesagt und ist rückwärts, strahlend, Richtung Laden gegangen.

Tschüss, hat Ona gesagt

Und Pe wieder ihr nach: Tschüss. Wahnsinn, hat er gedacht, ich kann nicht mehr reden. Er war stehen geblieben. Soll er nun Onas Hand nehmen? Und aus welcher Richtung sind sie überhaupt gekommen, und in welche würden sie nun gehen? Sie kamen doch von Ona, sie konnten doch jetzt nicht wieder zu Ona gehen.

Komm, hat Ona gesagt, ich muss los.

Pe hat sie an der Hand genommen.

Zwei Tage danach hat er zum ersten Mal mit ihr geschlafen. Und am Tag später ist er in den Laden gegangen, irgendwie glücklich, weil er die Nase noch voll Onaduft hatte und auch am Körper noch Ona spürte, nur im Mund den Kaffeegeschmack, weil er sich nicht getraut hat, Ona zu fragen, ob er ihre Zahnbürste benutzen durfte. Er hatte noch nie die Zahnbürste von jemandem benutzt, bis dahin. Er hat noch nie mit einem Mädchen geschlafen, bis dahin.

Da bist du ja, hat Kriedel gesagt.

Und Pe so: Da bin ich!

Dann haben sie einen Augenblick geschwiegen und wahrscheinlich auf ihre Füße geschaut. Weil, das weiß Pe noch, dass Kriedel da Desert Boots trug, die er auch gut findet.

Ich habe das erst spät entdeckt mit dem Surfen, hat Kriedel einmal erzählt, das war im einzigen Sommer, in dem ich meine Buchhandlung für drei Wochen schloss, ausnahmsweise, weil Matilda unbedingt mit mir ans Meer wollte. Matilda. Dann sein trauriger Blick, kurz nur, bis sie wieder da war, die Helligkeit der Begeisterung in seinen Augen. Und dass er das noch wisse, wie heute, wie das war, als sie am späten Nachmittag bei stechender Sonne in Mimizan Plage standen, die Flut kam, nein, die Flut brach sich ins Land, und da war so ein Swell, sagte Kriedel. Und Pe hat fast lachen müssen, als Kriedel mit seinem tadellosen Deutsch das so sagte, weil er eben nicht Dünung sagte.

Kriedel kommt in Unterwäsche aus der Toilette und biegt sofort in die Kammer nebenan ein.

Ist das das Surfbrett von dem Schriftsteller, da auf dem Buch? Fragt Pe laut. Er sitzt auf dem Sofa im grünen Zimmer und schaut sich Umschläge von Büchern an.

Kriedel lacht im Nebenraum: Sehr wahrscheinlich nicht.

Aber der muss sich mit Surfen auskennen, oder?

Wer?

Dieser Schriftsteller.

Ausgezeichnet kennt der sich mit Surfen aus, er hat das erlebt, sicher, er ist damit groß geworden, er ist durch die ganz harte Schule gegangen. Ein vollkommener Autodidakt.

Pe weiß nicht, ob das gut ist, wenn man Autodidakt ist. Sein Smartphone macht ein Geräusch. Ona. Er zieht es aus der Hosentasche und spürt dabei, wie sein Herz klopft.

Ich bin doch nicht sauer AUF DICH. Schreibt Ona.

Keine Ahnung, was er denken soll. Ona soll ihn verstehen. Bisher hat Ona ihn immer verstanden. Das war ja das Gute. Aber wenn er jetzt schreibt, dass er traurig ist, ist Ona auch traurig. Und wenn er jetzt nichts schreibt?

Schon oke. Schreibt er. Er schreibt es genau so. Obwohl er merkt, dass das nicht stimmt. Dann steckt er das Telefon wieder ein.

Kommt noch jemand heute? Fragt er.

Bastian vielleicht. Sagt Kriedel aus dem anderen Zimmer.

Pe kann Bastian noch am besten leiden von allen, die hier manchmal am Abend zu Kriedel kommen. Am liebsten ist er aber mit Kriedel alleine, weil man mit Kriedel dann über alles sprechen kann. Mit Kriedel sprechen ist besser und schöner als mit den Erwachsenen, die er bisher kennengelernt hat. Vielleicht außer Potasche. So einer wie Kriedel will man werden.

Er fischt das Smartphone wieder aus der Tasche seiner Jeans. Er wischt den Punkt ins Grün: Flugmodus.

Wenn Bastian käme, dann wäre er schon längst da. Pe ist sich sicher, der kommt nicht mehr. Er lässt sich aufs Sofa fallen und macht sich etwas breiter als nötig. Wenn Kriedel sich zu ihm setzte, stießen ihre Schultern an. Irgendwie mag Pe das.

Ist noch eine halbe Stunde Zeit, sagt Pe, als Kriedel ins Zimmer kommt.

Soll ich dir noch etwas vorlesen?, fragt Kriedel.

Sehr gerne, sagt Pe, weil Kriedel fantastisch vorliest, weil dann im grünen Zimmer alles noch grüner wird von der Dünung, dem Rollen, dem Stampfen der Wellen, den Walzen und ihren Höhlen, den Regenbögen in der Gischt über den Wellenkämmen, überhaupt den ganzen Geräuschen des Wassers und dem dumpfen Klang der manchmal bedrohlichen Tiefe, in die einen die Strudel reißen konnten. Und immer befindet sich Pe dann auf seinem Board mittendrin, und wie fabelhaft die Storys sind, in denen so etwas wie echte Hingabe zu spüren ist, dann liest Kriedel mit solch einer Inbrunst, mit so einer Kraft, dass Pe manchmal fühlt, dass es ihn zerreißen könnte vor Freude am Leben. Und Kriedels Stimme wird wie das Meer, so rauschend, so strömend, so stark. Kriedel liest, als erlebte er all das durch die Wörter, die sich ihm auftun wie eine lebendige Welt, all das, was er noch nie wirklich erlebt hat. Nur weil er immer dachte, er sei zu alt, zu unsportlich, zu untrainiert. Was ja irgendwie schon stimmt. Kriedel ist lang und dünn, und die einzigen echt brauchbaren Muskeln hat er vielleicht in den Armen. In den Händen auch noch, vom Büchertragen und -halten und so.

Pe spürt Kriedels Schulter an seiner, und es kommt ihm vor, als übertrage sich Kriedels Begeisterung über den einen Punkt, an dem sich ihre Körper berührten, auf ihn. Seit zwei Monaten las Kriedel ihm, und manchmal auch Bastian und den anderen, aus dem Buch vor, und als Pe nun hinüberschielt auf Kriedels Hände, sieht er, dass sie schon bei der Hälfte angekommen sind.

Ist was? Fragt Kriedel.

Ich will nur nicht, dass das Buch bald zu Ende ist, sagt Pe.

Ich lese nur noch den Abschnitt zu Ende. Sagt Kriedel, und dann: Matilda wollte das auch nie.

Matilda. Vielleicht hätte Matilda es schaffen können, dass ich es versuche, hat Kriedel Pe vor Kurzem erzählt, da war er todunglücklich gewesen, weil Matilda sich einfach nicht mehr meldete. Seit vielen Wochen nicht mehr.

Versuch's doch einfach mal, trau dich doch einfach mal, hat Matilda zu Kriedel gesagt, als er tagelang den Surfern zuschaute, die mit ihren Neoprenanzügen und Brettern immer ein wenig aussahen wie ein dümpelndes Rudel von Haien auf der Lauer, wenn sie draußen am Line Up auf die richtige Welle warteten. So hat es Kriedel erzählt. Und wie er die jungen Kerle und auch die Mädchen anschaute, wie sie lässig ihre Funboards und alle anderen möglichen Arten von Surfbrettern unterm Arm am Strand entlangtrugen, als seien es Bücher oder auch Badehandtücher, und Kriedel dachte, er bekäme schon vom Zuschauen Schlagseite, und es wäre eine peinliche Attraktion, wenn so ein langer, magerer, schlaffer, blasser Kerl da am Strand entlangzöge, mit so einem wunderbar geformten Flitze-Brett unterm Arm, da würde sogar Matilda lachen müssen. Und Matilda gab zu, dass sie vielleicht lachen würde dann, aber ihn sicher nicht auslachen, niemals für etwas, was ihn so anzog, so magisch, und was er bitte, bitte doch einfach ausprobieren solle. Aber Kriedel blieb liegen, mit Matilda unterm Schirm, weil es schön war da und weil er lange nicht mehr so gerne neben einer Frau gelegen hatte und weil Matilda auch still sein konnte und weil Matilda sich freute, wenn er ihr vorlas und sich freute, wenn er ihr die Surfer vom Wasser heruntererzählte. Und wenn er so erzählte, wie das Wasser plötzlich durch den sich verändernden Wind und die Strömung die Farben wechselte, von Dunkelblau in Türkis oder ein saftiges Grün, ein dunkles Grün, ein Blaugrün, wie viele Farben das Meer haben konnte; wenn er darüber schwärmte, dann lächelte Matilda mit geschlossenen Augen. Und manchmal las sie ihm vor, aus der Zeitung, komische Dinge und brillant geschriebene Artikel, politische und übers Leben, aber auch

Kochkolumnen und Stilkolumnen und so was, und er liebte ihre Auswahl, die war so anders als seine, und eine neue Welt tat sich auf mit Matilda. Und Kriedel hat sich gewünscht, sie bliebe für immer. Und diese Matilda hatte ihn verlassen, oder jedenfalls meldet sie sich nicht mehr. Sagt Kriedel.

Warum?, hat Pe gefragt.

Es gibt verschiedene Gründe, hat Kriedel gesagt, aber vielleicht auch, weil sie denkt, mit so einem wie mir wird das nichts, mit so einem, der drei Jahre und drei Sommer lang nicht versucht, irgendetwas an seinem Leben zu ändern. Aber vielleicht auch, weil sie es nicht verkraftet hat … Dann unterbrach sich Kriedel und sagte nichts mehr.

Pe hat nichts mehr sagen können zuerst. Es war das erste Mal, dass ihm ein erwachsener Mann von seinen Nöten mit dem Leben erzählte. Nichts ist bei ihm so klar wie bei seinen Eltern, aber deshalb ist das Leben von Kriedel auch nicht trauriger, und langweiliger erst recht nicht. Und er, Pe, hat zu Kriedel gesagt, dass es da draußen bestimmt noch gute Frauen gibt für so einen guten Typen, wie Kriedel einer ist. Weil er das wirklich denkt.

Kriedel hat ihm die Hand auf die Schulter gelegt, mehr nicht, aber das reichte schon, um rot zu werden. Lieber Kapitän, hat er gedacht, was rede ich.

Und jetzt denkt er, dass Kriedel wahrscheinlich gar keine andere Frau haben möchte, sondern eben Matilda. So wie er selbst nur Ona will. Ona. Die eine. Und wenn er etwas tun könnte, um Kriedel Matilda zurückzubringen, er täte alles.

Wo ist sie, diese Matilda?, hat er gefragt.

Für gewöhnlich gar nicht weit weg, hat Kriedel geantwortet und nannte den Namen eines Dorfes, den Pe schon einmal gehört hat, aber jetzt wahrscheinlich schon, weil sie ein Haus geerbt hat. In Nordspanien. Dann hat Kriedel wieder geschwiegen.

Wenn ich noch einmal entscheiden könnte …, hat Kriedel nach einer Weile gesagt.

Und Pe so: Das mit dem Surfen?

Ja, hat Kriedel geantwortet, auch. Ich würd's probieren.

Oke, hat Pe gesagt. Ich kann dich mal mitnehmen.

Versprochen? Hat Kriedel gefragt. Und gelacht. Und dann: Ach Unsinn!

Kriedel legt das Buch zur Seite, nun ist Schluss, sagt er, weil es gleich losgeht. Hast du noch Hunger?

Nee, ich habe gegessen, sagt Pe, und dann unterbricht er sich fast, weil es stimmt gar nicht. Sie hatten zusammen essen wollen, Ona und er. Aber dazu war es nicht mehr gekommen.

Dann bist du ja bereit, sagt Kriedel.

Kurz überlegt Pe, ob er Kriedel sagen soll, dass er und Ona gestritten haben oder wenigstens so was Ähnliches, aber er lässt es sein, weil sonst müsste er ja von Dani erzählen und alles. Alles war aber sehr viel.

Kriedel erhebt sich, und immer wenn Pe sitzt und Kriedel so ganz nah vor ihm aufsteht, muss er staunen über die Länge dieses Mannes und wie aufrecht er steht, wie kerzengerade.

Ich komme gleich, sagt Kriedel.

Pe nimmt das Buch vom Tisch. Er versucht die Länge der Boards zu schätzen, die darauf nur so halb abgebildet sind. Keine Shortboards. Als er das Foto des Schriftstellers anschaut, fällt ihm ein, dass Kriedel, als sie es anfingen zu lesen, gesagt hatte: Es geht um alles!

Und dass er gefragt hatte: Wie, um alles?

Um alles, hatte Kriedel geantwortet: wie Dinge anfangen, aufhören, wie Neues passiert. Um manches, was schmerzt und was Freude bereitet, was Liebe ist und Begehren und wie die Kindheit endet.

Pe hatte fast weinen müssen. Auch wieder wegen Dani.

Er legt das Buch auf den Tisch. Vielleicht liegt in der Küche noch ein Apfel. Er steht auf. Und dann hört er es. Es klopft, oder?

Pe hält den Atem an.

Es klopft noch einmal, derselbe Takt wie der seine. Bastian klingt anders.

Er verharrt.

Nichts mehr.

Dann noch einmal der Takt.

Er macht kehrt und geht hinten um das Bücherregal herum, damit er keinen Schatten verursacht, er drückt sich am Regal vorbei, hinein in die kleine Nische mit der Miniküche. Man kann auch einfach nichts hören. War das in Ordnung?

Er dreht den Wasserhahn auf und lässt langsam kaltes Wasser in den Teekocher laufen.

Auf der Toilette hört Kriedel bestimmt nichts, aber auch wenn Kriedel länger zum Pinkeln braucht als er, wird er nun trotzdem gleich wieder auftauchen. In fünf Minuten geht es los.

Pe lauscht nach vorne in den Laden hinein. Nichts, oder?

Der Wasserkocher nimmt an Lautstärke zu. Pe geht zum Laptop und regelt die Lautstärke hoch. Der Sprecher erläutert auf Englisch die Wetterbedingungen. Pe drückt die Fernbedienung, der Fernseher schaltet sich an und rauscht. Vom Schaufenster ist nichts zu hören. Doch.

Jemand ruft leise, jemand ruft nach Kriedel.

Kriedel hat die Klospülung gedrückt, Pe hört das sanfte Quietschen des Knaufs vom alten Wasserhahn in der Toilette, der sich immer ein wenig wehrt, wenn man ihn öffnet, dann das Wasserrauschen, dann das Quietschen noch einmal. Das Wasser im Kocher siedet. Der Kocher schaltet aus und wird leise.

Pe traut sich nicht, auf ein anderes Programm zu schalten, womöglich hat Kriedel schon alles eingestellt. Er drückt die Lautstärketaste der Fernbedienung, das Rauschen beginnt zu dröhnen.

Erschrocken biegt Kriedel um die Ecke: Geht's nicht? Fragt er.

Nein, sagt Pe, geht nicht.

Gib sie mir!

Pe drückt noch einmal auf den Regler. Der laute Ton bleibt laut.

Komm, sagt Kriedel. Er nimmt Pe die Fernbedienung aus den Händen, augenblicklich wird es still. Und da ist der Kanal. »World Surf League, Men's Championship Ulawatu«.

Cool, sagt Pe.

Es ruft doch jemand nach uns, sagt Kriedel.

Pe lauscht. Kriedel horcht zur Türe hin. Es ist wieder still.

Aber dann: klick klick tack, klick klick tack.

Ich öffne, sagt Kriedel.

Auf dem Bildschirm zoomt sich die Kamera nun ganz nah an eine Welle heran, durchscheinend und blau und darin ein dunkler Fleck und noch einer. Delfine.

Und dann hört Pe ihre Stimme.

Danach die von Kriedel: Komm rein, sagt Kriedel, klar!

Man kann von vorne oder von hinten auf den Tag schauen und auf das, was man tut, und Ona ist eine, die schaut immer von vorne. Sie macht das eigentlich seit dem einen Tag in ihrem Leben, der gut angefangen und schlecht geendet hat. Das war in den Ferien, und Ferien haben bedeutet, dass eh alles besser war als sonst, weil niemand sagte: Lies nicht bis in den Morgen, und niemand sagte: Warum willst du lieber auf dem Boden schlafen, wenn du doch so ein schönes Bett hast?

Von ihrem Bett aus konnte sie aber den Himmel nicht sehen.

Ein schlecht endender Tag wird immer im Gedächtnis bleiben, aber es nützte gar nichts, wenn man immer an ihn dachte, weil es im

Verhältnis viel weniger schlecht als gut endende Tage gab. Außerdem hat sie am Morgen des schlecht endenden Tages noch nicht gewusst, dass er schlecht enden würde. Alles war sehr gut. Warum also denken, dass alles schlecht enden könnte, wenn alles im Moment gut war. Trotzdem war sie an diesem Tag, der so schlecht endete wie nie zuvor und nie danach mehr ein Tag geendet hatte, eben nicht mit in den Himmel gerichteten Augen eingeschlafen, sondern mit dem Gesicht im Kissen. Später dachte sie, dass es gut war, dass das Kissen wenigstens nach Feirefiz gerochen hatte. Der Tag, der so schlecht geendet hat, war wahrscheinlich auch der Grund, warum sie Pe getroffen hat, viel später und eigentlich ja auch ganz zufällig, weil, man kann nicht riechen, dass der andere den Tod auch schon kennengelernt hat. Niemand lief mit einem Schild herum, auf dem vermerkt war, wen oder was er in seinem Leben schon verloren hat. Es lief auch niemand mit einer Tafel herum, auf der stand, was er in seinem Leben bereits gewonnen hat. Obwohl: Ona hat mit Lippenstift auf den Spiegel in ihrem Bad Ona & Pe geschrieben. Was nicht so leicht wegzuwischen ist.

Und natürlich kann man Medizin studieren, weil man damit einigermaßen gut Geld verdienen kann, aber wenn man viel Geld verdienen will, kann man auch etwas anderes studieren, was nicht so sehr das Herz berührt und wozu man seine Hände und Augen und Ohren und so weiter weniger braucht. Aber man kann es auch tun aus tiefster Überzeugung: weil, was an diesem schlimmsten Tag in Onas Leben geschehen war, nicht hätte passieren müssen. Nicht, dass sie immerzu daran zurückdenkt, aber wenn sie es nun erklären soll, damit jeder sie und ihre Geschichte versteht, dann ist es unmöglich, das nicht zu erwähnen.

Und dass sie Pe deshalb getroffen hat. Wahrscheinlich. Man musste nach einem ähnlichen Erlebnis, das schlimm war, nicht unbedingt ähnlich reagieren, aber ganz tief in einem drin sitzt das Erlebnis, und vielleicht funkt es Morsezeichen oder so etwas über die Augen hinaus in die Welt, über die Stimme oder einfach über die Bewegungen, die man macht. Ona ist sich sicher.

Als sie Pe damals am Strand von Vieux sah, wobei man »damals« nun wirklich nicht so verstehen durfte, dass es richtig lange her war, also, dass sie ihn überhaupt wahrgenommen hatte, hat nur daran gelegen, dass er so bedächtig und vorsichtig und vor allem so aufrecht Richtung Meer gegangen war. Er hatte sein Brett unterm Arm, und Ona hatte gedacht, das ist aber ein ziemlich spitzes Ding, und ohne dass sie ihn kannte, hatte sie bereits ein wenig Angst um ihn. Sie hatte beobachtet, wie der lange dünne Junge mit den dicken blonden Haaren den linken Arm kaum schwenkte beim Gehen und wie elegant und ruhig er die Füße in den Sand setzte. Und wie der Wind seine Haare von Südwest übern Kopf trieb. Sie konnte seine Narbe sehen am Schädel. Und wahrscheinlich war diese es, die den zarten feinen Pe für Ona interessant machte, vielleicht sandte diese sichelförmige Naht an seiner Schädelseite so etwas wie Verbindungswellen über den heißen Sand, die so stark waren, dass Ona blieb, bis Pe nach mehr als zwei Stunden wieder aus dem Meer kam. Von unterm Handtuch aus, es war windig und frisch geworden am Nachmittag, schaute sie auf all die Surfer, die ausschauten wie Haifische, wenn sie draußen auf einer Linie im Meer lagen und auf die perfekte Welle warteten, und sie versuchte dabei immer diesen blondschopfigen Jungen zu erkennen, über dessen Namen sie sich bis dahin keine Gedanken gemacht hatte. Das war erst im vergangenen Sommer gewesen. Pe ist ja auch kein normaler Name. Jedenfalls war dieser Junge nach gut zwei Stunden am Strand angekommen, auf dem Bauch auf dem Brett, ziemlich schnell, ziemlich lässig und ein wenig verwegen, wie Ona fand, und sie war aufgestanden, zu ihm hingegangen und hatte gesagt: Ich habe dich beobachtet.

Und der Junge schaute sie kurz an, und während er sofort wieder wegschaute, wischte er sich mit einer großen ruhigen Bewegung die dichten Haare aus der Stirn und sagte nichts. Er ging den Strand hinauf und Ona neben ihm, so als kenne sie ihn schon lange, und kurz vor der Düne ließ er sich in den noch warmen Sand fallen. Ona ging nicht weg, sondern setzte sich neben ihn. Sie ging auch nicht, als er sie anschaute, eher grimmig als freundlich, und Augen machte wie ein gefährlicher Hund. Einen Augenblick sagten sie beide nichts und schauten aufs Meer, das wild brandete und laut war. Hinter der Brandung saßen noch immer wenigstens dreißig Surfer auf ihren Brettern und warteten auf Wellen. Und obwohl Ona gerne wissen wollte, warum die immer so viele Wellen einfach durchlaufen ließen, ohne sie zu nehmen, sagte sie nun einfach: Ich heiße Ona und bin auf dem Campingplatz. Und du?

Ich auch. Sagte der Junge.

Glaub ich nicht. Sagte Ona.

Was?

Ich kenne niemanden, der so heißt wie ich. Sagte sie.

Ist ja auch ein eigenartiger Name. Sagte der Junge.

Eigenartig! Wieso?

Er schüttelte den Kopf.

Also: Du bist auch auf dem Campingplatz?

Er schaute kritisch, aber dann sagte er: ja. Und außerdem sagte er noch: Warum ist das wichtig?

Nur so, sagte Ona.

Ich geh dann, sagte sie. Und weil der Junge nichts mehr sagte, sagte sie: Ich geh dann mal.

Oke, sagte der Junge.

Und Ona hörte, wie er das ›e‹ in die Länge zog, und sie stand auf und nahm ihre Tasche. Sand rieselte von ihrer Shorts, aber sie ließ ihn rieseln. Oke, sagte sie leise und mit ganz langem ›e‹, und dass man sich nicht enttäuschen lassen muss, dachte sie und dass »eigenartig« ein schönes Wort war.

Der Junge war sitzen geblieben.

Klar wird sie ihn wiederfinden, hat sie gedacht. Sie kannte die Stellen am Strand, an denen solche Surfer wie der Junge ins Wasser gingen. Sie kannte den Weg, den sie vom Campingplatz aus gehen mussten, sie wusste, wo sie ihre kleinen Fahrräder abstellten, auf denen sie ihre Surfbretter einhakten, und sie wusste, wo auf dem Campingplatz die meisten Surfer mit ihren Zelten standen. Sie war mit Sarah da, und Sarah hatte immer alles, was womöglich wichtig werden könnte, schnell heraus. Sarah war da, weil sie den Kurs mitmachte. Und sie beide waren da, weil sie Zeit hatten, weil, wer mit siebzehn schon das Abitur gemacht hat, muss alle Zeit der Welt haben. Hat Papa gesagt, hat ihre Tante gesagt, hat die Mama von Sarah gesagt. Und ohne dass sie mit so einem Camp reisten, hätten sie eh nicht ans Meer fahren dürfen. Und vielleicht machte Ona ja auch noch einen Kurs. Vielleicht lag sie aber lieber noch eine weitere Woche im Sand und las.

Surfer haben immer Bier und meistens auch was zu rauchen. Sagte Sarah.

Ona interessierte sich fürs Rauchen gar nicht und für Bier nur so schluckweise. Trotzdem blieb sie an diesem Abend und am nächsten mit Sarah dort sitzen, wo zwei ungekämmte Jungs mit Bierdosen in Hängematten lagen, auf ihren Gitarren herumzupften und umringt waren von Mädchen, die gekämmt und ganz schwedisch aussahen, oder wenigstens ganz blond und ganz sicher ganz anders als sie selbst. Und weil diese Mädchen dort saßen, kamen später auch noch andere Jungs mit Bierdosen vorbei und mit Trommeln und ließen sich im Schneidersitz nieder. Der Junge kam, als es eigentlich schon fast zu spät war und Ona schon dreimal daran gedacht hatte aufzubrechen, denn warten war nicht gut. Man sollte nur irgendwo sein, wo man gerne ist, aber man darf nicht länger dort sein, als man dort sein will, nur weil man auf jemanden wartet. Das ist klar. Und das hat ihr niemand gesagt. Deshalb wollte Ona gerade gehen, als plötzlich zwei Jungs zwischen dem Surfcamp-Küchenzelt und dem Surfcamp-Fernsehzelt hervorkamen, und einer hatte diesen unverkennbar umwerfenden Gang. Seine Espandrilles waren rosarot.

Nachts im Zelt sagte Sarah: Der sieht ziemlich schwul aus, der Blonde.

Ona sah in solchen Schuhen kein Anzeichen für Schwulheit, sondern eines für Charakter.

Der Junge konnte zuhören, das sah man, er konnte konzentriert sein, er konnte still sitzen. Wenn kein Wind ging, verdeckten seine Haare den Ansatz der Mondsichel an seiner Schläfe, und er sah vollkommen unbeschädigt aus, obwohl Ona längst wusste, dass er es nicht war.

Sie ist es auch nicht. Nur anders als bei dem Jungen kann man es bei ihr nicht sehen: Weder unter den Locken noch sonst wo hat sie Narben, und dort, wo die Liebe wohnt, auch für die, die nicht mehr da sind, sieht man nicht auf Anhieb hin. Das Herz ist keine Pumpe, das ist ein Spruch von Josef Beuys, und Ona findet, dass er recht hat. Deshalb hängt ein Foto von ihm und dem Spruch in ihrem Zimmer.

Wenn der Junge eins nicht war, dann schwul. Außerdem hatte der Tag gut geendet, auch wenn der Junge sie keineswegs stark beachtet hat. Wenn überhaupt!

Am Abend hatte sie gehört, dass die Wellen so um zehn Uhr dreißig in der Frühe am besten sein sollen, und obwohl sie lieber hat alleine hingehen wollen, weckte sie Sarah bereits um acht Uhr und sagte, lass uns mal früh zum Strand gehen, dann ist noch nichts los. Aber Sarah hat nur kurz die Augen aufgeschlagen und sich dann auf den Bauch gedreht, den Kopf von ihr abgewandt.

Dass sie mit ihrem Buch bereits am Strand lag, als die Jungs kamen, der Blondschopf und sein Freund oder wer das war, war ihr nicht unangenehm, weil, warum sollte er nicht merken, dass sie sich für ihn interessierte. Und obwohl Pe sie nicht grüßte, als er sich im Gehen den Reißverschluss des Neoprenanzugs zuzog, hatte sie diesen kurzen Blick von ihm erhascht. Er kam aus dem Augenwinkel und leuchtete in der hellen Morgensonne wie ein Diamant. Das konnte zwar nicht sein, weil eigentlich stand die Sonne noch fast in Pes Rücken, aber Ona sah es.

Und dann war Pe weg.

Einen Monat dachte sie sehr viel an ihn, einen weiteren ein bisschen weniger und so weiter. So verging ein Jahr. Bis sie rosarote Espandrilles in einem Laden in der neuen Stadt sah und überlegte, ob sie sie kaufen sollte. Als sie am elften Tag in roten Espandrilles durch den Park in dieser Stadt ging, in die sie eigentlich zuerst gar nicht ziehen wollte, sah sie einen in der Wiese, der machte umwerfend schöne Bewegungen. Dabei drehte er sich nur mit seinem Buch vom Rücken auf den Bauch, aber wie geschmeidig er das machte! Sie schaute hin, und sie schaute noch einmal, und dann freute sie sich. Und klar hätte sie erst mal ein Eis holen können an diesem Eistag, um ein wenig nachzudenken. Aber wenn man etwas will, dann muss man sich anstrengen, und wenn man etwas nicht will, dann muss man es lassen und darf auch nicht mehr darüber nachdenken, weil man sonst Zeit verschwendet. Ganz einfach ist das.

Hey, hat sie gesagt, als sie vor Pe stand.

Und Pe hat aufgeschaut, hat sein linkes Auge kurz zugemacht, geblinzelt, dann die Haare wieder so mit dem Handballen aus der Stirn gestrichen, so umwerfend. Und dann hat er gelacht. Und so etwas Komisches so gut gesagt, dass auch Ona lachen musste. Lieber Kapitän, hat Pe gesagt und dabei das lieber so sagenhaft gut betont. Da saß Pe schon auf den Knien, und sie sah, dass auch er die Espandrilles trug. Nur diesmal in Hellgrün.

Cooler Spruch, sagte Ona.

Und Pe schüttelte den Kopf und lachte.

So ungefähr ist es dann ziemlich gut weitergegangen. Bis heute.

Heute war Pe plötzlich wieder weg, als sie aus der Toilette kam.

Und Ona hat lange überlegt, ob sie zu Kriedel gehen soll.

Zuerst hat sie versucht, alles wie immer zu machen. Sie hat das Anatomiebuch genommen, sich darübergebeugt, sie hat Wort für Wort gelesen, weil es genau darauf ankommt beim Lesen. Wozu sonst stehen Wörter da. Sie hat sich den Schädel vorgenommen, keine Ahnung, warum den Schädel, hat sich die Knochennähte angeschaut, sie sich versucht zu merken, zuerst die vom Gesichtsschädel, dann die vom Hirnschädel, hat sich die Namen der Knochen abgeschrieben, hat sich alles sehr bildlich vorgestellt und genauso eingeprägt, dass die Wörter wie Stecknadeln auf dem Schädel steckten. Und dann hat sie das Buch unters Kopfkissen gelegt, wie immer. Weil so wandert der Lernstoff besser in den Kopf hinein und legt sich im Gehirn dorthin, wo ihm davor schon ein Gedächtnisplatz geschaffen worden ist. So jedenfalls stellt Ona sich das vor, aber der Lernstoff wollte weder irgendwo im Kopf Platz nehmen, noch wollte sie sich die Zähne putzen, einen Pyjama anziehen und so weiter. Nichts war gut, seit Pe einfach verschwunden war. Als sie auf der Fensterbank saß, zirpten sogar die Grillen so laut und als machten sie Morsezeichen, dass es zu schön war. Weil, manchmal ist es schlimm, wenn die Natur schön ist, aber in einem drin ist sie das kein bisschen. Pe war weg. Nur, weil er sie nicht verstanden hat. Oder: Weil sie ihn nicht versteht. Jedenfalls wegen dem Bruder, den sie doch gar nicht kennt. Aber er hat Pe fast umgebracht.

Zum ersten Mal spürte sie einen Schmerz, der so schrecklich war, wie der Schmerz von damals. Weil, wenn eine Stimme weg ist, wenn die Stimme der Person weg ist, die man am längsten in seinem Leben kennt, die man schon immer kennt, weil die Stimme quasi vom Kopf über das Herz in den Bauch zu einem hinabgewandert ist und sich hineingelegt hat zu einem ins Warme, wo man war und wuchs, dann ist da nicht mehr viel. Deshalb ist es auch seltsam, dass der Mensch nach der Geburt nicht sofort spricht, weil sprechen doch das Erste ist, was zu einem kommt. Sie erinnert sich sehr gut daran, wie es war, als sie plötzlich wusste, dass ihre Mutter nie mehr ihren Namen sagen würde. Als ob alle Lichter im Haus und draußen und alle Heizungen im Haus, und alle Geräusche im Haus und draußen plötzlich zusammen aufhörten, etwas zu tun.

Sie hat gehofft, dass Pe gleich wiederkommt oder nochmals vorbeikommt, bevor er zu Kriedel geht, obwohl sie auch ein bisschen wütend auf Pe war, weil, man geht nicht einfach so weg, man geht nicht weg und sagt nichts, wenn man sich nicht versteht. Man bleibt und versteht sich nicht. Oder man sagt, dass man morgen wiederkommt. Oder man sagt, dass man später wiederkommt. Oder man sagt, dass man sich später meldet. Oder man sagt, dass man nur kurz weggeht. Und dann kommt man wieder. Man tut niemandem mit Absicht weh, den man liebt. Aber Pe war nicht wiedergekommen, er hat nicht einmal eine Nachricht geschrieben. Ich gehe schlafen, dachte Ona, und sofort dachte die andere Ona in ihr: Ich kann aber nicht schlafen. Noch nie hatten sie sich gestritten. Eigentlich haben sie das ja gar nicht. Nur verstanden haben sie sich nicht. Wenn sie nun ein Bier hätte, könnte sie ein Bier trinken, dachte sie, aber sie hatte kein Bier, und Mama, die gerne Wein trank, hat immer gesagt, dass man glücklich trinken darf, aber unglücklich nicht trinken soll. Weil das ist der Anfang vom Ende. Plötzlich dachte Ona, dass das vielleicht der Anfang vom Ende mit Pe ist. Sie musste von der Fensterbank hinabspringen, oder eigentlich wurde sie hinabgesprungen von der Bank, weil sie plötzlich wusste, was sie tun musste. Sie ging zu ihrem Schreibtisch und schrieb: ALLES WIRD GUT. Sie schrieb es langsam und bedächtig, sie schrieb jeden Buchstaben ganz in Ruhe, sie schrieb es in Blau auf ein weißes Blatt. Sie schrieb es mit der Flüssigtinte in diesem Blaufußtölpelfußblau, dem schönsten Blau, das es gibt auf der Welt.

Wenn man an etwas sehr glaubt, während man es tut, hilft das. Weil es dann für einen Moment wahr wird. Nichts bleibt, wie es ist. Auch wenn man das nicht glaubt. Das ist ein Naturgesetz. Wie Sommer und Winter, Regen und Sonne, warm und kalt, Wellen und Wellentäler, Ebbe und Flut. Wie Berg und Tal. Man muss nur geduldig sein. Man muss nur aushalten können, wenn es mal nicht gut ist. Weil, wenn es gut ist, hält man es ja auch aus. Aber vorhin war nicht einmal Feirefiz da. Weil Feirefiz, seit sie hier zusammen in dieser Stadt waren, noch bevor es dunkel wird, aus dem Fenster steigt und erst morgens um acht Uhr wieder davor sitzt und so laut maunzt, dass sie ihn schnell hereinließ. Manchmal hörte sie den Kater auch nachts maunzen, aber sie hörte das so, wie sie hörte, was in Träumen gesprochen wurde. Oder so ähnlich. Dann schlief sie wieder ein. Manchmal lagen am Morgen Reste von toten Mäusen oder toten Vögeln auf der Fensterbank. Dann wusste sie, dass sie nicht geträumt hatte.

Die Nacht war noch immer warm, und wäre Pe da, wäre auch Feirefiz da. Weil wenn Pe da war, kam der Kater immer vorbei und blieb, bis sie einschlafen wollten und ihn hinauswarfen. Feirefiz war eifersüchtig auf Pe.

Pe kommt wieder, hat sie zu sich selbst gesagt.

Der Kater kommt auch ohne Pe wieder, hat sie zu sich selbst gesagt.

Im Gebüsch hat es geraschelt, und beinahe hat sie geglaubt, sie kann mit ihren Gedanken bewirken, dass der Kater kommt, aber es war nicht der Kater. Im Haus nebenan lief der Fernseher von Frau Franz, die ein Hörgerät brauchen könnte. Aber auch das war nicht beruhigend. Auch nicht, dass sie wusste, dass Pe bei Kriedel war und Kriedel nur sieben Häuser weiter wohnte. Dass sie da nicht hingehen kann, jetzt, hatte sie gedacht. Nicht wegen Kriedel, sondern wegen Pe. Deshalb holte sie ihr Handy und tippte. *Ich bin doch nicht sauer AUF DICH*. Für einen Augenblick überlegte sie, ob das stimmte. Sie war schon ein wenig wütend. Dann löschte sie die Zeilen. Aber weil es irgendwie stimmte, schrieb sie es noch einmal. Sie hörte, wie ihr Herz klopfte, sie spürte es sogar im Finger. Dann schickte sie die Nachricht. Pe war zuletzt vor fünfzehn Minuten online gewesen. Sie wollte das eigentlich gar nicht wissen.

Zähl Schafe, hat ihr Vater immer gesagt, wenn sie nicht einschlafen konnte, aber das war viel zu kompliziert, weil wenn man Schafe zählen wollte, musste man sich immer zuerst eine riesige Herde vorstellen, und wenn man Schafe eigentlich gar nicht so toll findet, ist das schwierig. Wenn man aber zum Beispiel Kartoffelchips gut findet, kann man in Gedanken eine Tüte öffnen, und dann zählt man Chip für Chip aus der Tüte, während man sich vorstellt, wie gut sie schmecken und so weiter. In der Küche gab es noch welche. Das Handy machte das Pe-Geräusch. *Schon oke*.

Ona warf das Handy auf ihr Bett. Gar nichts war ›oke‹.

Und in diesem Moment begriff sie, dass sie etwas tun musste, irgendetwas. Zuerst schickte sie Sarah eine Sprachnachricht und erklärte alles. Und dann schrieb sie: Mach ich mich schwach, wenn ich ihm nachlaufe, also, wenn ich jetzt zu Kriedel gehe, weil da ist er?

Und Sarah so: Wtf, das ist doch nicht nachlaufen. *Herzchen*.

Ona wusste es nicht recht. Weil, eigentlich muss der, der weggeht, wiederkommen und nicht die, die dableibt, hinterhergehen. Oder? Einerseits.

Andererseits: Man muss sich auch etwas trauen.

That's it. Hat Sarah geschrieben: Sei stark. Wieder *Herzchen*.

Stark hat Ona sich nicht gerade gefühlt. Aber dann hat sie den Frosch angezogen und ist losgelaufen.

Und deshalb steht sie jetzt da vor Kriedel in der Tür, oder eigentlich geht sie schon an ihm vorbei in den Laden, obwohl sie Angst hat, was Pe sagt.

Pe hat das Licht ausgeschaltet. Wenn das Meer auf dem Bildschirm glitzert und schäumt, bekommt auch das grüne Zimmer den Schiller der Brandung und die Welle ist näher, weil man sich fast in ihr drin fühlt oder wenigstens in der Wasserfarbe. Pe liebt das, aber in diesem Moment, wo er Ona an der Tür hört und wie Kriedel sagt: Willst du mit uns schauen?, verliert die Farbe das Leuchten. Pe ist hellwach und kein bisschen anderswo, er lauscht, aber Onas Schritte sind leise.

Hey, sagt Ona, als sie im Flur steht, und Pe schaut für einen Augenblick auf seine nackten Füße, die olivfarben sind ungefähr und vollkommen unbehaart, ganz anders als die von Kriedel, dann schaut er Ona an, die dunklen Augen von Ona, die jetzt, wo sie sich nicht nähert, noch dunkler wirken und vom Türrahmen aus Pe anschauen, und irgendwo mitten im Raum treffen sich ihre Blicke. Und sie funkeln. Nicht hell, nicht leicht, nicht lässig. Nicht so wie sonst. Und dann fallen sie herunter, wie Sternschnuppen. Nur trauriger.

Pe sagt nicht: Lieber Kapitän. Pe sagt ›Hey‹.

Und er schaut Ona nochmals an, weil Ona hat das Froschkleid angezogen, und in keinem Kleid ist Ona schöner als in diesem grünen. Aber er hält es nicht länger aus sie anzuschauen, weil er nicht weiß, was er denken soll, und weil er das, was er denkt, auch gar nicht denken will: Ona soll wieder gehen, und: Ich will alleine mit Kriedel schauen. Er sieht, wie Kriedel strahlend hinter Ona in den Raum tritt und wie sein Strahlen plötzlich einfriert, als er ihn, Pe, anschaut.

Es geht los, sagt Pe schnell, lässt sich aufs Sofa fallen und rutscht noch ein wenig nach rechts zur Seite, zeigt auf den Bildschirm, gleich, sagt er.

Willst du neben Peer sitzen?, fragt Kriedel und berührt Ona kurz an der Schulter, und Ona merkt, wie gut das tut, dass er sich einfach freut, dass sie da ist, dass Kriedel ihr das zeigen kann.

Sie schüttelt den Kopf und zeigt auf den Fußboden. Ist doch gemütlich da, sagt Ona und setzt sich mit ihrem schönen Hemdkleid auf den Holzfußboden, als ob das nichts wäre, so ein Kleid. Und sie sieht nicht, wie Kriedel mit den Schultern zuckt und Pe anschaut, und wie Pe auf den Bildschirm starrt, das sieht sie auch nicht.

Pe sieht, wie Kriedel das Kissen aus der Sofaecke nimmt und es Ona hinhält, wie Ona das blaugrüne Ding unter ihren grünen Po schiebt. Und wie die Farben zusammenpassen.

Danke, sagt sie.

Gerne. Sagt Kriedel und lächelt sie an. Dann kratzt er sich am Kopf und schaut Pe an, genauer, schaut Pes rechte Wange an, die das spürt. Aha. Sagt Kriedel. So sieht es aus.

Seine Stimme ist ruhig und entspannt, wie immer, findet Ona.

Nur Pe hört darin etwas, was er nicht kennt, so eine Frage, die er jetzt aber nicht beantworten will, deshalb schaut er einfach weiter auf den Bildschirm, als ob da bereits Großes geschieht, aber es branden nur Wellen in eine Kamera, die sich nicht einmal die Mühe macht zu zoomen.

Pe sagt nichts, und Ona sagt auch nichts.

Dann schauen wir mal, sagt Kriedel, und er setzt sich neben Pe aufs Sofa, drückt ihm die Knöchel seiner linken Faust in den Arm und runzelt die Stirn. Dabei macht er so ein fragendes Gesicht, dass es eine Grimasse sein könnte, aber es ist keine. Pe will jetzt nichts erklären. Es ist zu kompliziert.

Er sieht, wie Ona kurz den Blick wendet, so als wolle sie die Bewegungen hinter sich verstehen, dann schaut auch sie wieder auf den Bildschirm.

Gar nicht gewusst, dass du goofy bist, sagt Pe zu Kriedel, so als ob nichts ist, aber er schielt, ohne dass er es will, auf Ona. Wie sie da sitzt im Frosch und der roten Strickjacke drüber, wie ihre Lockenhaare sich im Pferdeschwanz bauschen, alles, wie sie schön ausschaut und er trotzdem nicht einfach wieder versöhnt sein kann mit ihr.

Weiß nicht, ob ich goofy bin, sagt Kriedel. Nur halt Linkshänder.

Ona könnte jetzt fragen, was goofy ist, aber sie lässt es sein, weil sie ja eigentlich gar nicht da ist. Genauer, weil sie nicht weiß, ob es gut ist, dass sie da ist. Weil es sich eher wie Fünf minus anfühlt.

Viele Linkshänder haben den rechten Fuß vorne. Sagt Pe, auch auf dem Skateboard. Kannst ja mal ausprobieren.

Er will gelassen klingen, denkt Ona, als sie seine Stimme hört, oder sie will es nur denken, egal.

Pe sieht, wie Kriedel sich selbst auf die Füße schaut, wie er einmal das linke, dann das rechte Bein vorne abstellt. Und wie Ona auch auf Kriedels Füße guckt, die gar nicht so schlimm sind, also gar nicht so hässlich für einen mit fünfzig, nur schneeweiß und eben etwas haarig.

Ich fang sonst alles mit links an. Sagt Kriedel.

Und Ona dreht sich wieder zum Bildschirm, auf dem graue Wolken über dem Meer hängen.

Wenn man schlecht denkt, obwohl etwas eh schon schlecht ist, macht das alles nur noch schlimmer. Sie versucht zu lächeln, das geht. Dass das hilft, hat nicht nur Mama immer gesagt, das hat sie auch schon ausprobiert.

Auf dem Bildschirm erscheint das Bild von zwei Typen in kurzärmeligen Hemden, die so geordnet ausschauen, dass sie eher Bankberater hinter dem Schalter sein könnten als Surfreporter. Nur das Headset auf dem Kopf passt nicht, und weil der Ton lautlos geschaltet ist, weiß Ona auch nicht, was die beiden reden. Sie schauen sich nicht einmal an, sondern starren direkt in die Kamera. Eine sehr schöne, gleichmäßige Welle wird eingeblendet, hergezoomt, weggezoomt, und draußen im Meer sieht man zwei Köpfe im Wasser und dann einen Surfer auf dem Brett sitzen in rotem Shirt, dann einen anderen, der paddelt. JJ. Florence, G. Medina, liest Ona.

Soll ich den Ton laut machen? Fragt Kriedel.

Unbedingt. Sagt Pe.

Und Kriedel macht lauter, aber er sagt nichts, es ist, als ob Kriedel nachdenkt, als ob er atmet und den Geruch von schlechter Stimmung in die Nase bekommt oder die Ausdunstungen von Sorge oder so etwas auf der Haut spürt, weil plötzlich fragt er: Könnt ihr mir bitte erklären, was los ist? Oder lieber später?

Später ist eine Rettung. Später geht vielleicht, ja. Denkt Pe. Außerdem, sie hatten sich doch so gefreut auf die Endläufe.

Ona zuckt nur mit den Schultern, mehr kann Pe nicht sehen, und mehr kann also auch Kriedel nicht sehen.

Weiß nicht, sagt Pe.

Ona dreht sich zu Kriedel um. Ja, sagt sie, ich möchte es erklären.

Gut, sagt Kriedel, und Pe sieht, wie er Ona so ein bisschen »gutes Mädchen«- mäßig anlächelt und dass auch Ona lächelt, und obwohl er es gar nicht vorhatte, lächelt er jetzt auch.

Danke, sagt Kriedel zu Ona.

Ona nickt nur, weil, heute ist nicht der Tag der spontanen Einfälle.

Und Pe denkt, wie schön ihre Stimme ist und wie oft er das schon gedacht hat, auch schon, bevor er verliebt war.

Zuerst hatte Pe nur ihre Stimme gehört. Keine Ahnung, warum er sie nicht gleich gesehen hat. Vielleicht, weil er auf der Treppe saß vor der Mensa, vielleicht, weil er Ona noch nicht an ihrem Gang erkennen konnte. Jedenfalls, peng, war sie da gewesen. Und am liebsten hätte Pe gesagt: Lieber Kapitän! Bist du schön. Oder so was. Aber er konnte gar nichts Großes sagen. Nur lachen musste er.

Hey, sagte er, hab dich gar nicht gesehen.

Hab ich gemerkt, sagte Ona und wuschelte mit der Hand durch ihre Locken, so als seien sie voller Laub.

Da ist nichts, sagte Pe.

Wo?, fragte Ona.

In deinen Haaren, sagte Pe und er spürte, wie sein Kinn sich dabei zu Onas Haaren hin hob.

Oh, sagte Ona. Habe ich auch nicht gedacht.

Ach so, sagte Pe, tut mir leid. Und es war ihm tatsächlich ein bisschen peinlich.

Für nichts, sagte Ona.

Und Pe wusste nicht, was er sagen sollte, und schaute sie an, und Ona schaute Pe an. Und dann mussten sie beide ein bisschen lachen, und Ona machte so eine Geste mit den Händen, als wackle die Welt oder jedenfalls der Erdboden.

Auf dem Platz vor der Mensa war es voll, und Pe mochte nicht gerne zwischen so vielen Menschen sein, aber er wusste nicht, wie er es sagen sollte, ohne dass es nach Nerd klang. Als sie sich drei Tage zuvor zum ersten Mal absichtlich getroffen hatten, machten sie einen Spaziergang über einen der Hügel am Stadtrand.

Weinberge, hat Ona gesagt, ich dachte immer, die gibt es nur in Frankreich. Pe hat sein Skateboard in der Hand gehalten, weil, wo sollte er es hintun, und eigentlich war er froh, dass er etwas in der Hand hatte, weil Ona hatte nichts. Aber Ona hat geredet.

Und Pe hat auch geredet, obwohl er zuerst dachte, er würde kein Wort herausbringen. Er war noch nie mit einem Mädchen in einem Weinberg spazieren gegangen. Eigentlich war er überhaupt noch nie mit einem Mädchen alleine spazieren gegangen. Wenn man es genau nahm, hat er da noch nicht einmal ein Mädchen geküsst. So richtig. Außer mit zehn. Mit zehn hatte er in den Ferien mit Emma im Bad der Tante gestanden, und sie hatten sich ausgezogen, einfach so, als wäre das nichts, und sich angeschaut, und dann hatten sie sich geküsst. Aber es war ein komischer Kuss gewesen. Nur weiß er noch, wie wahnsinnig schön sich die Haut von Emma angefühlt hat, wärmer als Kaninchen und wie Samt, und dass Emma gesehen hatte, was passiert, wenn man mit einem Jungen nackt ist. Und wie sie gekichert hatte und sich schnell wieder anziehen wollte.

Wollen wir woanders hingehen?, fragte Ona vor der Mensa.

Und er sah, wie sich ihre Hand über den Hof bewegte. So viele Leute, sagte die Hand.

Gerne, sagte er.

Und wohin?, fragte Ona.

Pe hatte keine Ahnung, wo man hier hinging, wenn man nicht in den Park und nicht zum Weinberg wollte, deshalb zuckte er mit den Schultern: Kennst du dich aus?, fragte er.

Klar, sagte Ona. Du nicht?

Pe musste lachen. Du bist doch auch noch nicht lange hier.

Zwei Monate, sagte Ona, wie du! Aber ist doch nicht groß hier, sagte Ona.

Das war wahr.

Da gingen sie schon nebeneinander her, genauer, Pe ging neben Ona her und dachte immerzu: Warum eigentlich will dieses Mädchen mit mir herumlaufen?

Alle möglichen Jungs schauten Ona an, die gut aussah in ihrem rot-blauen Ringelshirt, den hochgekrempelten Jeans und den etwas ausgelatschten weißen Turnschuhen, mit diesen ein bisschen rundlichen Armen und Beinen und mit den schönen Locken. Französisch irgendwie und ein bisschen erwachsen auch.

Sie gingen an all den klassizistischen Unigebäuden vorbei, hinauf Richtung Stadt, manchmal berührten sich dabei ihre Hände, weil sie ausweichen mussten, wenn ihnen jemand entgegenkam, manchmal erschrak Pe dabei und sagte ›Entschuldigung‹.

Für nichts, sagte Ona dann, und sie musste es wenigstens drei Mal sagen, bis Pe fragte: Sagt man das bei euch in Hamburg?

Weiß ich nicht, sagte Ona. Hat meine Mutter immer gesagt.

Und obwohl Pe hörte, dass Ona die Vergangenheitsform verwendete, fragte er nicht: Und was sagt sie jetzt?

Es klingt interessant, wenn du das sagst, sagte er, und für einen Moment ist er irritiert, dass aus seinem Mund so was rauskommt.

Auf der Insel am Fluss waren viele Leute, zu viele, fand Pe, aber er sagte nichts, als sie es von der Brücke aus sahen, weil eigentlich sind an einem schönen Tag an allen schönen Plätzen Leute.

Lass uns im Gras liegen, sagte Ona und kletterte schon über das Geländer auf die Halbinsel im Fluss, als tue sie das jeden Tag.

Bist du hier oft?, fragte Pe.

Manchmal, sagte Ona, wenn ich das Wasser hören will. Hör mal zu, sagte Ona, wegen der Steine, da hört man es besser.

Und Pe hörte, wie sich das nahe Wasser an den Steinen stieß, an ihnen vorbeiplätscherte, oder vielleicht eher rauschte, und Ona setzte sich ins Gras, klopfte mit der Hand neben sich auf den Boden, und ohne zu warten, bis sich Pe auch gesetzt hat, legte sie sich auf den Rücken. So, als sei das nichts, sich auf den Rücken zu legen, wenn der ganze Himmel auf einen drauffallen konnte.

Es ist schön hier, sagte Pe, nachdem sie schon eine ganze Weile nichts gesagt hatten. Was nicht schlimm war, nur neu, dass da noch jemand war, der auch nicht die ganze Zeit redete. Und er legte seinen Kopf nahe zu ihrem ins Gras, nur seine Füße ein bisschen weiter weg. Und als sie so lagen, fast Kopf an Kopf, spürte Pe, wie Onas dicke Haare an seinen vorbeistrichen, wenn sie sich ein wenig bewegten, schwer und leicht zugleich. Und wie seine Haare sich an ihren aufstellten.

Und Ona spürte das auch.

Und sie lachte dann so, dass Pe dachte, dass er das immer hören möchte. So schön war ihre Stimme auch beim Lachen.

Der Himmel über ihnen war groß, blau und wie eine leichte weite Wand mit ungefähr drei Wolkentürmen behangen, die sich immerzu bewegten und einen denken ließen, dass man mitfliegen möchte, oder einen gar nichts denken ließen, außer, dass dieser Moment nicht mehr enden sollte. So was vielleicht. Manchmal kam ein Schmetterling vorbei, und Pe kannte alle, das war von früher, als der Großonkel sie ihm erklärte, wie andere Großonkel Autos erklärten.

Pfauenauge, sagte er, als eines vorbeiflatterte, und er legte die Hand flach in die Luft, weil manchmal mochten die Schmetterlinge das und verweilten. Aber das Pfauenauge flog über sie hinweg.

Zitronenfalter. Sagte er, als zwei davon vorbeikamen. Weil, Zitronenfalter waren oft zu zweit. Keine Ahnung warum.

Bläuling. Das war nur einer. Aber verrückt war es trotzdem, wie viele Schmetterlinge es hier gab.

Ona sagte die ganze Zeit nichts, aber Pe glaubte zu spüren, dass sie lächelte, und als er sie anschaute, lächelte sie tatsächlich beim In-die-Luft-Gucken.

Als er Dickkopffalter sagte, aber jetzt ohne dass einer vorbeikam, rief Ona ganz laut: Haha, das hast du jetzt erfunden! Und sie stieß ihn mit dem Ellbogen in die Seite. Und er zuckte kurz zusammen, rückte etwas weg und gleich wieder zu ihr hin. Pe hatte den Namen nicht erfunden.

Hab ich nicht, sagte Pe. Den gibt es wirklich.

Und Ona lachte. Wieso kannst du das, also dich auskennen in Schmetterlingen?

Und Pe erzählte von Onkel Ulli, der ein Meister in Natur war.

Wir haben eher über Musik geredet und Bücher und so, sagte Ona. Und dann lachte sie, weil eine Biene über sie hinwegflog.

Biene, sagte sie und zeigte auf die Wespe, die sich Pes Fuß näherte.

Und Pe lachte und sagte: Nee, Wespe. Und nach einer Weile so: Dorfkind!

Stadtkind, sagte Ona.

Und so fing alles an, immer besser zu werden.

Bus, sagte Pe.

Straßenbahn, sagte Ona.

Fußball.

Tanzen.

Pizza. Sagte Ona

Pizza. Sagte Pe. Und Pasta.

Mit Bolognese. Sagte Ona.

Ähhh. Sagte Pe, weil ihm nichts mehr einfiel. Und dann spürte er plötzlich, wie Onas Hand sich an seine anlehnte, vorsichtig, als lehnte sich eine Postkarte an eine Wand an.

Honig. Sagte Pe.

Marmelade. Sagte Ona.

Blaufußtölpel. Sagte sie.

What? Fragte Pe.

Blaufußtölpel.

Hast du jetzt erfunden!

Nein, sagte Ona. Gibt's auf Galapagos.

Oke. Sagte Pe. Brillenpinguin.

Haha, kenn ich.

Boah, sagte Pe, siehst du, wie wahnsinnig schwarz diese Wolke ist, die dahinten kommt? Und er merkte, dass er sich überhaupt nicht mehr anstrengen musste, nur weil da noch jemand anderes war.

Und Ona sah, wie elegant sich seine Hand in einem großen Bogen über sie beide hinwegbewegte und die schöne Form von Pes Armen in seinem rosaroten T-Shirt mit dem dunkelblauen Punkt in der

Körpermitte, das gut ausschaute an ihm, und sie dachte ans Kraulschwimmen und dass sie das nicht kann.

Paddelarme. Sagte Ona und zeigte auf Pes Arme und dachte für einen Moment an ihren Vater und dass er Pe gut finden würde, und Mama eh. Ihr hätte Pe gefallen.

Stimmt, sagte Pe, da war Ona gerade ganz woanders, aber sie wollte da sein, wo sie war, und deshalb traute sie sich nun, einfach die Hand von Pe in ihre zu nehmen. Und Pe zog sie nicht weg.

Warum rosarot? Fragte Ona.

Warum nicht? Sagte Pe.

Weil du viel davon hast. Sagte Ona.

Ist das schlimm?, fragte Pe.

Im Gegenteil, sagte Ona. Ich wollt's nur wissen.

Was? Fragte Pe, und er spürte, dass er das Richtige dachte, und zuerst fand er das irgendwie doof und dann nicht mehr, weil, er wollte nicht, dass Ona denkt, er interessiere sich nicht für Mädchen.

Es ist nicht so, wie du denkst. Sagte Pe.

Hab ich mir schon gedacht, sagte Ona.

Und eine Stunde später küsste sie Pe. Da standen sie mitten auf der Straße, die zu Ona nach Hause führte, und am Buchladen blieben sie stehen, weil im Schaufenster genau neun Bücher lagen. Sie lagen in einer Linie und nicht so, wie Bücher sonst in Schaufenstern von Buchhandlungen lagen, sie lagen, als bildeten sie eine Wasserlandschaft auf rotem Grund. Ona sah das zuerst. Nur Wasser im Titel oder auf dem Bild, sagte Ona. Wie schön das ist!

Und Pe spürte, wie ihre Schulter die seine berührte und dass er sie am liebsten küssen würde, deshalb versuchte er, sich keinen Millimeter zu bewegen. Und damit etwas passierte, zeigte er ins Schaufenster: nur das nicht, sagte er. Weil eines der Bücher war ohne Wasser, aber ein Junge war darauf abgebildet, und der trug ein Surfbrett.

Da umarmte ihn Ona einfach, und dann stellte sie sich auf die Zehenspitzen und küsste ihn.

Und Pe hielt kurz still, weil er nicht wusste, was er tun sollte, und dann öffnete er die Lippen.

Und Ona spürte Pes Zunge nur für einen Moment, weil da merkten sie, dass jemand neben ihnen stand.

Das war Kriedel. Otto Kriedel.

»Wahnsinn«, sagt Kriedel jetzt und dann noch einmal »Wahnsinn«, und er steht für einen Augenblick auf, als wolle er die Bewegung des Surfers nachahmen, und Pe sieht gerade noch, wie JJ. Florence aus der Tube herausgleitet und, bevor er ins Weißwasser hineinsurft, noch einen Turn hinauf zur Lip macht, was eigentlich kaum geht, was verrückt gut ist. Keine Ahnung, wie lange er auf den Bildschirm geschaut hat, ohne dass er weiß, was dort geschehen ist, aber das!

Ja, sagt Pe, weil er etwas sagen will, aber er spürt, wie lahm das klingt, wie wenig Freude er heute hat beim Gucken. Kriedel spürt das, das weiß er, aber das Gute an Kriedel ist, dass er sich nicht so leicht durcheinanderbringen lässt. Außer vielleicht von Matilda. Aber die gab es ja nicht mehr. Ona sitzt gerade, sitzt noch immer aufrecht mit angezogenen Beinen unterm Froschkleid und schaut auf den Bildschirm, als ob sie sich schon immer fürs Surfen interessiert hat und als ob das nicht schmerzte, so zu sitzen, so still. So, als meditiere sie.

Dabei versuchte Ona nur die schlechten Gedanken abzuwehren. Die ihr Angst machten.

Pe sieht nicht, wie Onas Gesicht ausschaut dabei, wie sie guckt und was die Augen sagen, nur ihre Stille spürt er, von der er nicht weiß, ob das eine Ruhe ist.

Aber sie ist gekommen, sie ist meinetwegen hierhergekommen. Das denkt er.

Er lehnt sich auf dem Sofa zurück, weil da wieder dieser Schmerz im Magen ist, den er schon kennt, der immer da gewesen war, bis er angefangen hat, mit Potasche zu sprechen. Und also, bis er nicht mehr dachte, er hätte Dani abhalten können.

Potasche war einer, den man nicht gleich leiden mochte. Jedenfalls konnte Pe ihn zuerst nicht besonders gut leiden, vor allem, weil der es aushielt, erst einmal eine Viertelstunde lang nichts zu sagen. Dabei ist so eine Therapiestunde gerade mal fünfzig Minuten lang und also auch schnell wieder zu Ende. Und was hatte er, Pe, eigentlich sagen sollen, wenn einer nichts fragte? Wenn er nicht einmal gewusst hat, was genau mit ihm los war, außer dass er nicht mehr aufstehen wollte, nicht mehr in die Schule gehen wollte, nicht mehr lesen konnte, weil er nach einer Zeile nicht mehr wusste, was in der davor gestanden hatte. Auch keine Lust mehr hatte, jemanden zu treffen. Aber das wusste Potasche ja schon, weil deshalb war er ja zu ihm gekommen. Und klar. Dass Dani tot war. Das wusste Potasche eh von Anfang an. Und dass Pe auch fast gestorben wäre. Aber er lebte ja noch. Aber bis heute hatte er Potasche nicht genau erzählt, wie das gekommen war mit Dani. Nur, wie es sich anfühlte danach: wahrscheinlich wie nach einem Orkan, wenn alles vollkommen verwüstet dalag. Und dann wollte man aufräumen, und dann räumte man auf und merkte, dass unter Schutt Asche hervorkommt und unter Asche nichts mehr. Null. Niente. Kein einziger noch so abgerissener Grashalm. So. Außer mit Potasche hat Pe bis heute mit niemandem mehr darüber gesprochen. Mit Potasche sprach er inzwischen über alles, wenn er jede zweite Woche zu ihm fuhr. Und bestimmt könnte Potasche ihm jetzt erklären, was passiert war heute: als Ona wütend wurde und er abgehauen ist.

Warum bist du nicht furchtbar wütend auf deinen Bruder? Hat Ona Pe gefragt, vorhin, bei Ona zu Hause, als er sich endlich getraut hat, ihr von Dani zu erzählen. Das verstehe ich nicht, hat Ona gesagt.

Und Pe hat sie angeschaut, dann mit den Schultern gezuckt, weil er die Antwort wirklich nicht kannte, und Ona ist einfach hinausgegangen, wie gerade vorhin. Er hat gehört, wie sie die Tür zum Badezimmer öffnete und dass sie die Türe mit mehr Geräusch schloss als sonst. Vielleicht aber auch nicht. Er hat sich gegen den Fensterrahmen gelehnt, dem schmalen Streifen Fluss zugeschaut, den man von Onas Zimmer aus sehen konnte, weit unten. Er hat nichts verstanden. Klar, Pe kannte Onas Frage bereits, der Therapeut sagte immer wieder: Was tust du mit deiner Wut?

Und lange Zeit hat Pe geantwortet: Mit welcher Wut?

Auf Onas Schreibtisch hat der Stein in Form einer großen Schnecke gelegen, eine Versteinerung, wie er nie eine schönere gesehen hat. Kurz ist er aufgestanden, zu ihrem Schreibtisch gegangen und hat den Stein hochgeboben. Er war schwer wie eine Wasserflasche, wenigstens.

Pe mag Onas Sachen. Was untertrieben ist, eigentlich. Die wenigen, die sie hat, waren alle besonders. Die kleine goldene Uhr, die sie von ihrer Mutter trägt, das Foto ihrer Eltern mit den Kochmützen, ihre Tagebuchsammlung, lauter aus schönem Papier oder Stoff bezogene Bücher. Ihre Kamera mit dem großen Objektiv. Der grüne geometrische Rucksack. Sogar den nicht ganz kugelrunden Kaktus, der anscheinend so alt ist wie Ona selbst, aber so viel älter und schrumpeliger und verwachsener aussieht.

Alles war so schön gewesen auf Onas Schreibtisch, aber plötzlich nicht mehr zwischen Pe und ihr. Und weil sie so lange nicht von der Toilette gekommen war, war er einfach gegangen.

Kriedel nimmt einen Schluck aus der Bierflasche, da fällt Pe auf, dass er sein Bier nicht mehr angerührt hat seit dem ersten Schluck. Er nimmt seine Flasche und trinkt, trinkt Schluck für Schluck, als ginge es darum, aufzuholen, was er verpasst hat, und nach genau zehn Schlucken stellt er die Flasche wieder beiseite. Er hat lange kein Bier getrunken. Weil Bier war eben Alkohol, so wie Gras eben eine Droge war. Manchmal trinkt er jetzt ein einziges. Wenn sie die League schauten.

Ona! Möchte Pe gerne sagen, und er hört sogar in seinem Kopf und in seinem Bauch, wie er es sagt, wie er es sagen würde, wenn er es sagte, und dass es schön klingt. Aber was dann, was, wenn sie sich umdreht? Jetzt. Was soll er dann sagen? Vor Kriedel. Und außerdem hat Medina jetzt Priorität, und Kriedel neben ihm starrt so gebannt auf den Bildschirm, dass Pe denkt, dass Priorität jetzt nicht nur heißt, dass Medina die Welle zuerst nehmen darf, sondern dass das jetzt vorgeht, dass er und Kriedel hier gucken, wie ausgemacht. Die Kamera zoomt hinaus aufs Meer, und Pe sieht, dass ein paar Wellen kommen, aber das ist noch nicht das neue Set. JJ. Florence und Medina sitzen auf ihren Brettern und schauen konzentriert hinaus zum Horizont, und die Kamera zoomt zum einen, dann zum anderen und hin und wieder zurück zu Medina.

Fantastisch, sagt Kriedel, wie die da sitzen.

Pe sieht, wie Ona nickt und sich zu Kriedel umdreht und ihn anlächelt. Wieder lächelt sie Kriedel und nicht ihn an.

Ich will auch mal so auf dem Brett im Meer sitzen. Sagt Kriedel.

Und wieder nickt Ona.

Und Pe sagt, kein Problem, ich zeig es euch.

Kriedel lächelt. Und Ona denkt, dass es gut ist, dass Pe das jetzt sagt, weil dann geht es weiter. Dann glaubt auch er daran, dass es weitergeht mit ihnen, und deshalb lächelt sie jetzt auch.

Man muss nur am richtigen Platz sein, sagt Pe, dann sitzt man da völlig entspannt.

Du musst es Ona zeigen, sagt Kriedel, dabei legt er wieder die Hand auf Pes Arm, so wie Pe es mag, so wie es sein Vater nicht mehr gemacht hat, seit hundert Jahren nicht.

Und Pe spürt, wie etwas in seinen Bauch sticht, wie er plötzlich denkt, dass das unmöglich ist, sich jetzt ein Leben ohne Ona vorzustellen, dabei hat es in seinem Kopf so lange gar keinen Platz für ein Mädchen gegeben und in seinem Körper auch nicht. Jedenfalls dachte er nie wirklich an Mädchen, oder wenigstens nicht mehr als daran, dass alles hoffentlich wieder einfacher wird, wenn er nicht mehr zu Hause wohnte. Wenn er weg war von seinem Vater, und von seiner Mutter auch. Nicht weil die so besonders schlimme Menschen waren, aber es war dunkel zu Hause. Zu dunkel. Und manchmal, wenn sie alle drei zusammen beim Abendessen saßen, spürte er plötzlich diesen Blick seines Vater auf der Narbe oder vielleicht auch an der Schulter oder an den Händen, und wenn er aufschaute, schaute der Vater sofort auf den Teller, und Pe dachte, der Blick gehört nicht mir. Er schaut durch mich hindurch. Er sieht nicht mich, sondern Dani. Obwohl Dani immer auf dem Platz gegenüber von Mama gesessen hat, auf dem nun niemand mehr sitzt. Nur wenn Besuch kam, rückte Mama sichtbar widerwillig den Stuhl zurück, deckte Teller und Besteck ein, und dann zog sein Vater von seinem Platz aus an Danis Platz. Nur damit niemand, der Dani nicht genau gekannt hat, da sitzen konnte. Pe wusste am Anfang nicht, wie er das finden sollte, aber dann nervte das nur noch, weil, wie lange wollten die so tun, als gäbe es kein gutes Leben ohne Dani? Deshalb dachte er immer: Sobald ich Abitur habe, bin ich weg. Und wenn er das nicht dachte, dann dachte er daran, dass er in den Ferien zum Surfen fahren konnte und dass er danach endlich ausziehen würde. Eben nicht, weil er seine Eltern nicht mochte, sondern weil er es nicht mehr aushielt mit ihrer Dunkelheit. Und dann war Ona gekommen.

Und deshalb sagt er nun: Ich bring es dir bei, klar.

Nicht surfen, sagt Ona. Nur da draußen sitzen. Und dabei dreht sich Ona nochmals um, und Pe sieht, dass sie lächelt.

Oke, sagt Pe, und dabei grinst er ein bisschen verschwörerisch.

Gut, sagt Ona. Und auf der Skala von eins bis sechs rückt das schlechte Gefühl nun Richtung Vier plus.

Hey, sagt Kriedel, jetzt müsst ihr hinschauen, das Set kommt!

Dieser Medina paddelt die Welle an, und wie leicht er aufs Brett gleitet, so als sei das auch bei dieser steilen Welle nichts, wie er seinen Körper aus der Bauchlage in die Hocklage bringt, so im Flug, geschmeidig wie Gummi oder leicht wie eine Feder. Ona hat keine Ahnung, was das Set ist, aber es sieht gut aus, was dieser Typ da macht und wie er vor allem seine Arme bewegt, um das Brett die Welle hinauf- und wieder hinabzubewegen, und wie jetzt in diesem Augenblick, wo er springt, sich auch seine Beine heben, wie schnell.

One eighty. Sagt Pe.

Ja. Sagt Kriedel.

Hä, sagt Ona, und was ist ein Set? Fragt sie, und sie dreht sich zu Kriedel hin, und Pe ist irritiert, dass sie nicht ihn fragt.

Je nachdem. Sagt Kriedel, und er schaut dabei gebannt auf den Bildschirm, auf dem Medina ziemlich aggressiv die Wellen niederkämpft, jedenfalls findet Ona das, und Kriedel sagt nichts mehr und dann aber doch: Etwa alle paar Minuten, sagt Kriedel, gebiert das Meer Wellen, zuerst kleinere, dann richtig gute Wellen, oft mehrere am Stück, die nacheinander folgen, bevor wieder kleinere kommen, und dann macht das Meer wieder Pause. Und dann schaut er Pe an, fragend und ein bisschen stolz, das sieht Ona. War das richtig?, fragt Kriedel.

Gebiert! Wiederholt Pe. Lieber Kapitän! Sagt er und er lacht, weil, so redet nur Kriedel. Stimmt genau, sagt er, das ist das Set.

Und Ona sieht, wie Kriedel zufrieden lächelt, und eigentlich würde sie gerne weiterfragen, aber Kriedel schaut schon wieder auf den Bildschirm, und deshalb lässt sie das jetzt sein.

Ona hat noch nie bei Kriedel im grünen Zimmer gesessen. Die Wände sind tatsächlich grün, aber eher vergilbt, als wäre die Farbe schon vor langer Zeit aufgetragen worden. An der einen Wand hängen große und kleine Bilder und Fotos, auf allen sieht man Wasser, auf manchen sieht man einen Surfer, und auf einem sieht man eine Frau mit dunklen Haaren, sehr heller Haut in einem schwarzen Badeanzug und einer Basecap in der Hand. Sie ist schön. So schön, dass Ona nicht mehr wegschauen kann. Sie hat sie schon einmal gesehen, ganz sicher, in der Stadt oder wo. Und sie dachte damals, sie ist schön, wie Mama, und nun denkt sie: Ob das ein Zeichen ist, dass sie jetzt hier an Mama denkt, wo sie zum ersten Mal nicht mehr weiß, ob Pe sie versteht? Also, ob es vielleicht damals bereits ein Zeichen war, dass an dem Tag, als die Sache mit Mama geschah, mal keine Wäsche am Ständer hing, die zusammengelegt werden musste, und der Kühlschrank so voll war, dass nichts mehr reinpasste? Und ob der Kater etwas gespürt hat? Und dass sie heute, am Nachmittag, fühlte, dass etwas nicht gut werden könnte. Aber es kann auch sein, dass sie das denkt, weil jetzt gerade etwas nicht mehr so gut ist. Ob das Unglück oder der Tod bereits Zeichen geben, bevor sie eintreten? Durch Zahlenkombinationen oder Vögel, die gegen die Scheibe fliegen, oder dass Feirefiz keine Mäuse fängt oder wenn Papiere aus der Vorlesung auf den Boden fallen oder wenn sie beim Gehen auf dem Pflaster mit der Fußspitze neben den Stein tritt.

Als Mama starb, vor vier Jahren, wollten sie, vom dritten August aus gesehen, in einer Woche nach Holland in die Ferien fahren, und

Ona lag auf dem Balkon in der Hängematte und schaute gerade in den Himmel, als das Telefon läutete und der Kater wie immer nicht darauf reagierte. Und Ona ging ran: Bin ich da richtig bei Schuler? Fragte eine Männerstimme.

Und Ona sagte, ja, da sind Sie richtig.

Und dann sprach jemand so mit ihr, wie man eben mit einem Mädchen spricht, von dem man nicht weiß, wie alt es ist, und sagte: Und wer bist du?

Ich bin die Tochter, sagte Ona.

Und der Mann sagte: Wie kann ich denn deinen Vater erreichen?

Und Ona dachte, dass das nicht gut klingt.

Am Handy, sagte sie.

Da geht er nicht dran, sagte der Mann.

Dann im Büro.

Und als der Mann ihr die Büronummer von Papa diktierte, weil er dachte, er habe die falsche, sagte Ona: Ist was mit Mama?

Und der Mann sagte: Ich werde es gleich noch mal bei ihm im Büro probieren, und dann legte er auf.

Vielleicht kann sie das wieder ablegen, das mit den Zeichen. Und vielleicht wäre es besser, das zu tun. Aber als Pe heute zur Tür hinausgegangen war, ohne sich von ihr zu verabschieden, hatte Ona auf der Toilette die Zeit gezählt, bis er die Wohnungstüre schloss, und als sie bei achtundzwanzig war, dachte sie, hoffentlich ist er jetzt ganz schnell, oder wenn er schon nicht ganz schnell ist, dann soll er bitte, bitte sehr langsam sein. Sie hat viermal ›weißer Kater‹ gesagt und sich wegen des Schicksals einmal im Kreis gedreht, aber es hat trotzdem nichts genützt. Pe hat die Türe genau bei dreiunddreißig geschlossen. Dreiunddreißig ist genau wie drei und dreihundertdreiunddreißig, was nicht so häufig vorkam beim Zählen, eine gefährliche Zahl. Die Drei geht gar nicht. Und weil Ona das jetzt denkt, traut sie sich auch gar nicht, auf den Bildschirm zu schauen, wo die Punktestände, von denen sie eh nicht kapiert, wie sie zustande kommen, angezeigt werden, weil eine Drei kann sie jetzt nicht aushalten.

Sie steht auf und dreht sich sofort um ihre eigene Achse.

Die Toilette bei Kriedel ist so lang wie ein Schwimmbadsprungbrett und genauso schmal. Und ziemlich altmodisch mit einem vergoldeten Wasserhahn, einem kleinen Muschelwaschbecken und einer weiß vergilbten Kloschüssel mit hölzernem Klodeckel.

Obwohl das Bild nicht mehr so nahe ist, sondern ein wenig so, als scheine der halbe Mond zwischen den Bäumen nur auf ein Gemälde und nicht auf das echte Leben, ein wenig traumartig, sieht Ona Mama noch liegen. Aufgebahrt, sogar angezogen, nur ohne ihren Trenchcoat, der bereits Papa übergeben worden war, aber in ihren Jeans, in ihrem schwarzen weichen Pulli. Es stimmt nicht, dass Tote ausschauen, als könnten sie gleich wieder aufwachen. Tote schauen tot aus. So wie Mama, als sie da lag und Ona wirklich verstanden hat, sie wird mich nie wieder anschauen mit ihren Kugelaugen, nie wieder zum Abschied und zur Nacht auf die Stirn küssen, nie wieder morgens wecken und mir dabei die Füße kitzeln, nie wieder nach der Arbeit mit Mango- und Cassis-Eiscreme nach Hause kommen, ›schau die Farben‹, sagen, so wie eben nur Mama ›schau die Farben‹ sagen konnte. Sie wird nie wieder Tiergeräusche machen und kichern, bis der Bauch wehtut, nie mehr Popsongs mitsingen, alles nie mehr. Ona kann noch besser sehen, wie sie und Papa da standen in diesem kühlen Raum, der schön sein wollte, wie auch Gemeindesäle schön sein wollen und ganz hässlich waren, und wie sie sich an der Hand gehalten haben und wie sie geweint haben, beide, nicht laut, nur ganz leise, weil laut war das nur ganz am Anfang, als Papa nach Hause kam und sagte: Mama ist tot. Dann war alles sehr laut. Das Herz und die Uhr, die Schritte in der Wohnung, das Maunzen und

Miauen von Feirefiz, das Klingeln des Telefons und Papas Weinen eh. Alles war so laut, dass es kaum auszuhalten war, und so merkwürdig anders, dass Ona es bis heute nicht beschreiben kann. Ein plötzlicher Herztod ist keine Krankheit.

Ein plötzlicher Herztod kann immer passieren, aber er passiert eigentlich eher selten bei Frauen, sagte der Arzt, als sie drei um Mama herumstanden, wie um eine Schönheit im Museum, aber bei deiner Mutter, bei Ihrer Frau handelt es sich vermutlich um eine Signalstörung im Herzmuskel, hat er gesagt, und Ona musste an Züge denken, an rote Ampeln, an S-Bahn-Stationen. Und dass sie jetzt nicht da stehen möchte, in diesem Raum, in dem Mama aufgebahrt ist, und dass sie doch da stehen möchte, weil das jetzt besser war als anderswo, weil eben Mama auch da war. Obwohl es so steril und sauberer roch, als ein Mensch jemals riechen kann, dachte sie, dass das doch wieder vorbeigehen muss. Dabei war klar, dass nichts vorbeigehen kann, was vorbei war. Der Tod ist kein Gewitter.

Und sie hörte, dass der Arzt sagte, dass Mama wahrscheinlich keine Schuld habe, dass sie vermutlich im Vorfeld nie etwas bemerkt habe. Höchstens einmal einen Schwindelanfall. Und wie Ona dachte, dass Schuld ein merkwürdiges Wort war jetzt, weil Mama wollte bestimmt nicht sterben. Und wie Papa nichts sagte, obwohl er genauso wie sie wusste, dass Mama eine war, die lieber dreimal weniger zum Arzt ging als einmal mehr. Dass sie das Leben zwar sehr ernst nahm, aber ein Schwindel war weniger als ein Schnupfen, weniger als ein juckender Mückenstich. Gegen Schwindel trank Mama manchmal Wasser. Und da konnte Papa nichts machen. Und sie, Ona, erst recht nicht.

Und obwohl Mama nun seit vier Jahren weg ist, bedeutet das nicht, dass sie nicht mehr da ist. Jetzt, wo Ona auf der Toilette sitzt bei Kriedel und ihr das wieder einfällt, weil Pes Bruder Dani wirklich selbst Schuld hatte an seinem Tod, auch wenn Pe das so nicht hören will. Aber Mama eben nicht. Eigentlich. Mama war da. Auch wenn sie manchmal Mühe hatte, sich Mama genau vorzustellen, hatte sie nie Mühe, die Bewegungen von Mama zu sehen, die besonders waren, vielleicht waren sie ein wenig so wie die von Pe. Langsamer als die von vielen anderen Menschen und irgendwie geschmeidiger, weicher.

Ona!

Sie hört Pes Stimme vor der Tür und springt sofort auf, sodass die hölzerne Klobrille auf der Toilettenschüssel klappert.

Moment, sagt sie, und bevor sie spült, steckt sie ihr Handy wieder in die Tasche der Strickjacke. Weil, eigentlich hat sie gerade das Video auf ihrem Handy anschauen wollen, wo sie und Mama zusammen auf dem großen Ledersofa herumhängen und ziemlich Quatsch machen.

Alles klar?, fragt Pe vor der Tür.

Alles gut, sagt Ona. Sie lauscht, und dann drückt sie die Klospülung. Pe soll jetzt nicht vor der Tür stehen.

Vor dem klitzekleinen Spiegel in Kriedels Toilette zieht sie eine Grimasse, sodass sie ihre Zähne sehen kann, hält die Hände unter das sehr kalte Wasser und streift damit die Lockenhaare am Oberkopf ein bisschen glatt. Weil sonst schaut sie aus wie ein Alpaka.

Als er die Spülung der Toilette hört, geht Pe wieder zurück ins Zimmer zu Kriedel. Und kaum sitzt er, sagt Kriedel ganz ohne Umschweife: Was ist los mit euch? Ihr habt euch gestritten.

Und dann macht er etwas, was er noch nie gemacht hat, wenn sie die Endläufe schauten: Er schaltet den Kanal ab.

Was machst du da? Will Pe zuerst sagen. Aber dann sagt er nichts.

Also? Fragt Kriedel.

Nicht wirklich, sagt Pe.

Was meinst du mit ›nicht wirklich‹? Fragt Kriedel. Nicht wirklich gestritten?

Das auch, aber ich meine, du schaltest jetzt nicht wirklich ab?

Da sieht Pe, wie sich Kriedel mit den Fingern übers Haar streicht, wie sein kurzes Grauhaar plötzlich hochsteht, als würde es aufbegehren, und Kriedel die dunkle Brille absetzt.

Mein Lieber, sagt Kriedel, das Leben spielt hier.

Und obwohl Pe nicht weiß, was er jetzt sagen soll, denkt er, dass das stimmt.

Ja, sagt er, weil ihm nichts anderes einfällt, so wie ihm oft nichts einfällt, wenn es wichtig wäre, schnell zu reagieren, oder jedenfalls wenn er denkt, er müsse jetzt einer von der coolen Sorte sein, einen Spruch parat haben oder wenigstens irgendein Ironieding. Aber hat er jetzt nicht.

Er lehnt sich zurück, und wieder legt ihm Kriedel die Hand auf den Arm, aber nur kurz. Das war der Unterschied von Kriedel zu Potasche, der ihn nie berührt. Niemals. Und fragen tut Potasche auch fast nie etwas.

Onas Lockenhaare stehen seitlich ab, als sie hereinkommt, und Pe sieht, dass ihre Augen nicht mehr so wild funkeln wie vorhin, nur ihre Wangen sind rot, als habe sie gerauft oder geweint oder was.

Oh, sagt Ona, als sie bemerkt, dass der Bildschirm schwarz ist. Kaputt?

Kriedel schüttelt den Kopf: Eure Stimmung drückt mir aufs Gemüt, sagt er.

So redet nur Kriedel, denkt Pe, aber er sagt nichts, und er muss auch nicht grinsen.

Ja, sagt Ona. Mir auch.

Könnt ihr mir bitte sagen, was los ist?, fragt Kriedel.

Pe muss anfangen, sagt Ona, und sie schaut Pe nur einen Augenblick an, dann schaut sie wieder weg.

Puuh, sagt Pe. Lange Geschichte. Wo soll ich da anfangen?

Am Anfang, sagt Kriedel, und jetzt muss Ona ein bisschen lächeln, und aus dem Schneidersitz lässt sie sich auf den Rücken gleiten und streckt die Beine aus. Sogar der Himmel ist bei Kriedel grün.

Also, sagt Pe. Wir haben uns nicht verstanden. Also, zum ersten Mal, Ona und ich. Dann macht er eine Pause.

Oder? Fragt er Ona, die kurz aufschaut, dann nickt.

Nicht gut, sagt Ona.

Ist aber eigentlich gar nicht der Anfang, also. Sagt Pe. Und dann: Ich hatte mal einen Bruder. Und er schaut Kriedel an, und Kriedel setzt die Brille wieder ab, und Pe sieht, wie er sich mit der Hand übers Gesicht streicht, und für einen Moment denkt er, dass Kriedel das alles zu viel ist.

Aber da nickt Kriedel aufmerksam.

Also. Sagt Pe. Und dann wieder nichts mehr.

Und Ona hört, wie er atmet, und sie denkt, dass Kriedel das auch hört und dass es am besten wäre, wenn Kriedel nichts fragt jetzt.

Kriedel sagt nichts und fragt nichts.

Es ist sehr still im Raum, nur ab und zu hört man ein kleines Geräusch, als wohne etwas in der Wand, ein raschelndes Tier oder ein huschendes Tier, aber sonst nichts. Ona hört, dass Pe sich bewegt, und sie sieht, wie seine Füße sich vom Fußboden heben, wie die Schuhe da bleiben, die blauen Vans. Und dann hört sie Pe atmen, und Kriedel hört sie gar nicht, obwohl der doch auch atmen muss, und sie hört sich selbst, ganz laut und wie ihr Herz schlägt, und hoffentlich sagt Pe jetzt nichts Falsches.

Also. Sagt Pe, und dann: oke, so wie er es immer sagt, nur als ob er es jetzt sagt, um sich aufzumuntern. Und an Kriedel gewandt sagt er: Es ist eine ziemliche Geschichte. Also.

Und Ona hört nicht mehr, ob Kriedel sich bewegt.

Bruder, wir gehen doch nicht zu Fuß!

Ruft Dani und klimpert auf der Waldlichtung mit den Schlüsseln herum, als sei er der Schließer von einem ganzen Fuhrpark. Und obwohl Pe ihn nicht sieht, weiß er, wie er dabei ausschaut. Strahlend und aufrecht und vollkommen überzeugt, dass er alles richtig macht. Er hört die anderen am Feuer sprechen, Schritte nicht weit entfernt, und dann Dani, der FANG ruft. Und ein leises Klimpern und dann ein lautes. Der Schlüssel fällt nicht weit entfernt von Pe ins Gebüsch. Ich hab doch keine Augen im Rücken, sagt Pe laut, und dass er es nicht einmal so gerne versucht hätte, denkt er, wegen der Zecken. Die Vorstellung, dass so eine Zecke sich bei ihm festbeißt, und was man davon bekommen kann. Pe spürt, wie sich alleine bei dem Gedanken, dass er nahe am Gebüsch steht, seine Schultern hochziehen, sein Bauch sich einzieht und so weiter.

Kann ich ja nicht wissen, sagt Dani, er kichert. Scheiße, Scheiße, sagt er.

Pe macht die Hose zu, und fast muss er jetzt lachen. Nicht aus Schadenfreude, nur weil er denkt, das ist vielleicht besser, wenn der Schlüssel einfach weg ist.

Kannst einfach nicht fangen, sagt Dani und stakst an ihm vorbei hinab in den Graben, als könne man hier nur auf Zehenspitzen gehen. Jetzt suchen wir den Schlüssel in diesem Pissgraben, sagt er. Und Pe sieht, wie er sich kaum einen Meter von ihm entfernt bückt und im feuchten Gras herumsucht.

Laufen wir einfach nach Hause, sagt Pe. Er bleibt stehen, wo er ist. Einen Teufel wird er tun und jetzt mit den Händen da im Gras nach dem Schlüssel suchen.

Den Schlüssel brauchen wir trotzdem. Sagt Dani, und immer wieder sagt er: hui und dann ihhh.

Aber wir müssen ihn nicht benutzen. Sagt Pe, er hat die Hände in den Taschen versenkt.

Das wird Papa gefallen, wenn sein heiliges Auto hier oben alleine übernachtet! Dani stellt sich kurz aufrecht, dreht sich einmal um sich, schwankt dabei, sagt wieder hui und gewinnt dabei die Balance zurück. Mann, kannst mir nicht helfen!, sagt er. Dann bückt er sich in die andere Richtung.

Wer hat geworfen?, fragt Pe. Und er weiß ganz sicher, dass er im Dunkeln nicht nach dem Schlüssel suchen wird hier. Auch egal, sagt Pe, dann finden wir ihn halt morgen.

Hoho, sagt Dani, und ich hab dann den Ärger!

Ja und, sagt Pe, aber als er sagen will: Ist doch nicht so schlimm, weiß er, dass das nicht stimmt. Der Vater will sein Auto am liebsten in der Garage stehen sehen. Ein Grillplatz war ihm zu gefährlich. Die Stadt war ihm zu gefährlich, und auch vor dem Haus war es für das Auto zu gefährlich. Trotzdem, denkt Pe, aber da hört er schon das metallische Klackern, und Dani steht kaum zwei Schritte von ihm entfernt am Rand des Sickergrabens und hält mit spitzen Fingern den Schlüsselbund in die Luft.

Haha, schreit er laut, und der Wald echot: haha. Er rennt zu Pe und klopft ihm mit der flachen Hand auf den Rücken.

Hör auf, sagt Pe. Aber Dani macht es noch einmal.

Hör auf, schreit Pe.

Dani lacht, brother, sagt er und versucht, ihn zu umarmen, aber Pe wehrt ihn ab.

Obwohl es Wolken gibt, ist die Nacht einigermaßen hell, und wenn die Augen sich an die Dunkelheit gewöhnt haben, eh, und Pe denkt daran, wie sie sich früher fürchteten, wenn sie mit dem Vater in der Nacht von den Funkenfeuern nach Hause gelaufen sind oder wenn sie auf Campingplätzen hinaus aus dem Zelt mussten, um zu pinkeln.

Wir sind noch nie zusammen nach Hause gelaufen nachts, sagt Pe zu Dani, aber Dani antwortet nicht.

Immer wieder wirft er den Schlüsselbund in die Luft und fängt ihn auf, und Pe wundert sich, wie Dani das schafft, ohne dass das Ding einmal runterfällt, obwohl er so zugedröhnt ist. Als sie nahe am Feuer sind, beginnt Dani laut juchhe zu sagen, während er wirft und fängt, juchhe, juchhe, juchhe, und immer noch häufiger, und als sie bei den anderen ankommen, sagte er: Juchhe. Will jemand mitfahren?

Mitlaufen, sagt Pe.

Brother, juchhe, wir fahren, sagt Dani bestimmt und wirft den Schlüssel wieder in die Luft, aber als Pe den Schlüssel fangen will, drückt Dani den Bruder mit Schmackes und der Schulter zur Seite. Haha, sagt er.

Das ist nicht lustig, sagt Pe. Steck ihn ein, sagt er.

Vergiss es, sagt Dani und beginnt sich den Schlüssel immer von einer in die andere Hand zu geben.

Wer kommt mit? Fragt er Richtung Feuer.

Wir bleiben! Sagt eine Mädchenstimme, Pe weiß nicht, wer es war.

Am Feuer, das waren Danis Freunde, jedenfalls die, die gerade noch nicht in der Welt herumfuhren oder mit den Surfbrettern auf einem der einschlägigen Campingplätze zwischen Bordeaux und Biarritz herumhingen, dass man nur bei einem Gedanken daran neidisch werden konnte. Pe jedenfalls. Die Mädchen, die da sind, hat Pe davor noch nie wahrgenommen, jedenfalls glaubt er das, sie machen alle irgendwo Praktikum und jetzt tun sie so, als ob es knallheiß ist, und Danis Freund Berti sitzt barfüßig zwischen ihnen herum. Als habe es dreißig Grad Celsius, dabei waren es gerade mal siebzehn. Pe will nach dem Abitur Geld verdienen und damit herumreisen und surfen und so was, aber doch nicht als Erstes Praktikum machen und auch nicht gleich studieren. Aber das dauert noch mehr als zweieinhalb Jahre. Berti will mit Dani in drei Tagen nach Ulm fahren und eine Wohnung suchen, fürs Studium. Keine Ahnung, warum es Dani so eilig hat, damit anzufangen. Pe vermutet, dass er einfach nur wegwill von zu Hause. Etwas Eigenes aufbauen. Außerdem, Ulm, wenn es doch auch in München geht oder in Berlin oder Köln oder wenigstens Stuttgart. Aber er sagt nichts dagegen. Weil … – Auch gut, wenn Dani mal bisschen weg ist.

Ihr kommt mit, sagt Dani zu den Mädchen.

Die Mädchen kichern. Sie sitzen alle dicht nebeneinander, und auch als Dani sich versucht zwischen sie zu quetschen, rücken sie nicht voneinander ab.

Dani kichert. Hihi. Sagt er, dann dreht er sich um die eigene Achse und setzt sich neben Berti.

Das tun sie nicht, sagt Berti bestimmt, und Pe ist sich sicher, dass die das eh nicht tun. Du fährst auch nicht Auto, sagt Berti zu Dani.

Hast du eine Ahnung, sagt Dani. Alter. Sagt er. Und du kommst mit!

Ich muss auf die Mädchen aufpassen, sagt Berti und wirft irgendetwas Kleines in die Glut, was sofort aufflammt. Pe sieht Danis Gesicht, er sieht, wie er lacht und doch nicht so recht entspannt aussieht.

Scheiße, sagt Evi, der ist total besoffen.

Bekifft, sagt Pe.

Mein Lieber, sagt Berti, wenn sie dich erwischen!

Dani kichert wie ein Mädchen. Dann springt er wieder auf, bleibt neben Berti stehen und starrt ins Feuer.

Wir gehen mit Berti zu Fuß, sagt das rothaarige Mädchen, das Pe heute ganz sicher zum ersten Mal sieht und das sie Zora nennen. Sie trinkt Spezi. Eigentlich trinken alle Spezi außer Berti und Eva, die kleine Biere trinken.

Pe hatte davor keine Mädchen gekannt, die Biere aus der Flasche trinken. Aber Dani hat Pe auch nie dabeihaben wollen, weil: kleiner

Bruder! Wenn du sechzehn bist, oder wenigstens fünfzehn oder wenigstens ein bisschen Punk, hat Dani gesagt. Pe war seit zwei Monaten schon fünfzehn. Aber kein bisschen Punk, was auch immer das heißen sollte. Dabei ist Dani auch kein Punk. Dani ist nur gerne bekifft und trägt gerne diese Stiefel und hört gerne solche Musik, und manchmal sagt er ziemlich gerne Mackersachen. Und obwohl Pe das oft dumm findet und ein bisschen peinlich, wenn Dani großmäulig herumredet, ist er auch ein bisschen stolz auf ihn, weil der nicht ist wie die anderen, die er kennt, nicht so angepasst. Er macht sein Ding. Aber er tut niemandem was, nur kifft er zu viel.

Und eigentlich hat Dani dem Vater am Abend versprochen, dass er nichts trinken würde und nichts rauchen, und er hat den Schlüssel schon in der Hand gehabt und ihn in die Luft geworfen, und er war schneller als der Vater gewesen, und die Mutter lachte über ihn, weil Lieblingskind, und sie sagte zum Vater: Lass ihn einfach. Er hat jetzt mehr als ein Jahr seinen Führerschein.

Genau vierzehn Monate, hat Dani sie verbessert.

Spielverderber seid ihr, sagt Dani jetzt und legt sich ganz plötzlich vor die Mädchen auf den Boden. Für einen Moment bleibt er ruhig liegen, das Weiß in seinen Augen leuchtet im Licht der Feuerglut, dann macht er mit den Armen den Engel und springt wieder auf. Ahh, Feuer, ruft er.

Die Mädchen lachen.

Gar nicht gut, sagt Berti zu Pe.

Das Feuer knistert eigentlich sehr beruhigend, aber irgendwie fühlt sich Pe beunruhigt, und auch die anderen schauen sich immerzu vielsagend an, weil Dani überhaupt keine Ruhe findet, auch als er sich wieder neben Berti setzt, nicht. Im Gegenteil, er zappelt mit den Füßen herum, wippt mit den Knien, und zieht den Tabak aus der Tasche. Da denkt Pe, dass er etwas sagen muss. Für einen Moment schaut er seinem Bruder zu, wie er den Tabak im Blättchen hin- und her walkt, schnell geht das und so leicht, dass Pe es fast bewundert. Aber dann greift Dani in die Hemdtasche seines Polos. Pe weiß, was da drin ist. Nee, Mann, sagt Pe und fasst nach Danis Arm.

He, sagt Dani und stößt Pes Hand weg.

Nein, sagt Pe, du rauchst jetzt nicht.

Nur noch ein paar Brösel, sagt Dani und streut ein paar letzte Krümel Gras in den Tabak.

Berti steht auf.

Dani lacht, als Berti sich vor ihn hinstellt, er lehnt sich auf der Holzbank zurück, sie hat keine Lehne, aber Dani fällt nicht. Er strahlt Berti an, der nichts sagt, aber einen weiteren Schritt auf ihn zugeht. Haha, schreit Dani, in der einen Hand die fertige Zigarette, mit der anderen fuchtelt er wild durch die Luft, als müsse er einen Schwarm Bienen vertreiben. Dann fällt er rückwärts von der Bank.

Und ohne dass er noch irgendetwas sagt, steht Berti jetzt über Dani und nimmt ihm den kleinen Joint aus der Hand. Morgen wieder, sagt er.

Ihhhihhh, ruft Dani ein bisschen wie ein Kind, aber nur so leise, dass der Wald nicht hallt.

Mach nicht rum, sagt Berti.

Langsam steht Dani auf. Er klopft sich die Jeans ab. Für einen Moment denkt Pe, dass er jetzt wütend ist und gleich anfängt, einen seiner Vorträge zu halten, über Selbstbestimmung und so was, aber Dani fängt nur an zu singen:

Gute Nacht, Freunde, es wird Zeit für mich zu gehen, und dann rennt er los und mit einem Propellermaschinengeräusch um das Auto des Vaters herum. Und obwohl das eigentlich lustig aussieht, findet Pe es nicht lustig, und er sieht, dass auch Berti es nicht lustig findet.

Nur die Mädchen kichern.

Gar nicht gut, sagt Berti wieder, der ist ja drauf.

Pe steht auf.

Er hört, wie das Schloss vom Auto klackt und Dani laut lacht, so als sei das eine Leistung, das Auto zu öffnen. Und noch bevor Pe über die Lichtung gelaufen ist, brummt der Motor laut auf in diesem stillen Wald, in dem nur das Feuer zu hören ist und ab und zu ein Tier. Kurz jault der Motor noch mehr auf. Pe rennt. Er sieht nicht, dass auch Berti aufgesprungen ist, er reißt nur die Tür zur Beifahrerseite auf und springt hinein, und noch bei offener Tür fasst er Danis Arm: Dani, bitte, hör auf mit dem Scheiß.

Kein Scheiß, ruft Dani.

Bitte, lass uns nach Hause laufen, sagt Pe. Bitte!

Ramones? Fragt Dani.

Schnell beugt sich Pe über ihn, um an den Schlüssel zu kommen, aber Dani reagiert schneller, als Pe erwartet hat, und drückt ihn weg.

Haha, ruft er wieder, und dann fährt er rückwärts. Keine Panik, sagt er, keine Panik.

Und obwohl Pe Angst hat, schnallt er sich jetzt an, anstatt auszusteigen, und macht die Tür zu. Vor dem Auto rennt Berti vorbei auf die Fahrerseite hinüber, aber bevor er die Tür öffnen kann, bedient Dani den Schließmechanismus und jubelt. Haha, ruft er.

Berti klopft gegen die Scheibe. Mann, mach auf, sagt er laut.

Aber da dreht Dani einfach die Musik laut. Volle Pulle, schreit Dani und lacht.

Mach doch leiser, schreit Pe.

Aber volle Pulle fährt Dani jetzt rückwärts, wendet volle Pulle, merkt, dass er kein Licht anhat, immerhin, und fährt auf den Waldweg. Pe hält sich an den Seiten seines Sitzes fest, er spürt, wie auf der einen Seite das Plastik eines Verstellriegels in seine Hand drückt, aber er lässt nicht los. Einen Moment lang beugt er sich Richtung Radio, aber sofort spürt er wieder Danis Hand in seiner linken Seite, er drückt ihn in den Sitz. Pe will sich wehren oder sonst irgendwas tun, aber was denn? Wieder drückt er die Hände rechts und links neben sich in den Sitz. Auf die Hauptstraße biegt der Bruder so langsam ein, dass Pe für einen Moment hofft, er bleibt noch stehen. - Dann gibt er Gas. Und beginnt, aufs Lenkrad zu trommeln. Zuerst nur mit der rechten Hand, aber dann mit beiden, nur die Knie am Lenkrad. Er ist im Takt, was es nicht besser macht, was ihn nur noch anzuspornen scheint.

Halt das Lenkrad fest, schreit Pe, aber die Ramones schreien so im Auto herum, dass man sich kaum selbst hört. Mann, schreit Pe, leiser, und er beugt sich nach vorne zum Radio, Dani trommelt, Pe macht leiser.

Hey, Bruder, schreit Dani, so laut, dass Pe ihn wahrscheinlich auch bei lauter Musik nicht verstanden hätte.

Mann, halt an! Halt an! Sagt Pe, er hört sein Herz schlagen, er hört es rasen, der Wald rauscht an ihnen vorbei, was wäre, wenn jetzt ein Reh auf die Straße springt, denkt Pe. Dani fährt hundert.

Haha, ruft Dani wieder und trommelt, und Pe sieht, wie Danis Hände auf dem Lenkrad federn.

Mann, ruft er, halt es fest! Und er hört, wie Dani lacht und dann wahnsinnig laut ahhh ruft in dieser irren Kurve kurz vor dem See, ahhhh ruft, dann bremst, und er sieht, wie Danis Hände plötzlich das Lenkrad festhalten, und er denkt an die vielen Zecken im Wald, ganz viele Zecken, ganz viele Zecken, ganz viele, ganz viele, und dann hört er sich schreien und Dani. Viel, viel lauter als die Ramones.

Als Pes Stimme verklungen ist, sagt ganz lange niemand etwas. Ona hört Kriedel atmen. Sonst nichts. So lange nur dieses Atmen, dass es ihr vorkommt wie ein Geräusch aus dem Freibad, nach wenigstens drei Bahnen, nur jetzt ist es schlimmer, und immer wenn es so eine Lücke gibt inmitten von Menschen, so ein sprachloses Loch, beginnt sie zu zählen, eins, zwei, drei, vier, fünf und so weiter, weil das einfacher ist, als zu warten. Weil warten auf egal-was-es-ist schrecklich ist. Und dann sieht sie, dass Pe zittert und wie Kriedel den Arm um ihn legt und ›Junge‹ sagt. Und wie Pe sich an ihn lehnt, Kriedel ihm über die Haare streicht und wie seine Hand liegen bleibt, da wo die Sichel ist, das halbe Hufeisen.

Pe spürt Kriedels Hand auf seinem Kopf, auf der Narbe, die er am liebsten immer versteckt hält, die sich aber nicht verstecken lässt, nicht ganz, weil sie an der Schläfe beginnt, oder wie Ona sagt, an der Sutura sphenofrontalis, dort, wo bei ihm noch keine Haare wachsen, dort, wo er das Haar nur hinstreichen kann. Aber in diesem Moment will er gar nichts verstecken, er lehnt sich an Kriedel, versucht, gleichmäßig zu atmen, während immer noch Tränen auf Kriedels T-Shirt fallen. Und plötzlich sieht er sich in diesem Augenblick, in dem er aufgewacht ist in diesem Bett in der Klinik, überall Schläuche an ihm dran. Es war dunkel und er hörte ein Röcheln im Bett nebenan, versuchte sich zu drehen, aber es ging nicht, versuchte es nochmals und nochmals, aber etwas hielt ihn fest, eingezwängt. Er wollte den Arm heben, doch nur die Hand ließ sich heben, er versuchte es mit dem zweiten Arm. Er war ganz weit unten, das Bett war ganz weit unten und das Licht komisch, grün oder schwarz oder blau, er war so weit unten, dass die Decke so weit oben war. Er war in einem Keller, jedenfalls dachte er, er sei in einem Keller und dass der Hubschrauber ihn in den Keller gebracht hat, dass es der Hubschrauber war, in den er eingestiegen war, gestern oder wann, dass er seine EC-Karte abgegeben hat und den Ausweis, damit er mitfliegen konnte, damit die ihn mitgenommen haben überhaupt. Dass das teuer war. Warum hatten die ihn dann entführt und warum in einen Keller? Und warum konnte er sich da nicht bewegen, und wer röchelte? Noch einmal versuchte er sich umzudrehen, aber es ging nicht. Dann wusste er es, er hat das Auto noch umlackiert, und dann war es ein schwarzer Jeep, und er hatte diese Mission in so einem Power-up und konnte aus dem Auto noch schießen. Aber warum haben sie ihn nicht verhaftet, als sie ihn gestellt haben im Wald, warum war er jetzt in diesem Keller an Schläuchen? Und da versteht er es: Er ist im Krankenhaus. Mission gescheitert.

Peer, sagt Kriedel. Ona hört die leise Stimme im stillen grünen Zimmer in der still gewordenen Stadt, weil, auch draußen auf der Straße ist nichts zu hören. Sie schmiegt ihr Ohr an das weiche Kissen, dessen Bezug aussieht, als ob er aus einem alten Schafwollpulli genäht wurde. Ein M ist darauf appliziert, oder vielleicht ist es ein W, und Ona liegt mit der rechten Seite darauf, die Beine angezogen. Für einen Augenblick überlegt sie, wie Kriedel mit Vornamen heißt, er muss einen Vornamen haben, denkt sie, M oder W, und dann fällt ihr ein, dass er Otto heißt, dass es ja an der Tür steht. Obwohl es bestimmt weit nach Mitternacht ist, spürt sie keine Müdigkeit. Und dann denkt sie: M für Matilda.

Pe hat schon eine Weile aufgehört zu weinen. Nichts war passiert. Gar nichts mehr. Nur die Geräusche des Zimmers waren zu hören, Holz, das leise knarzt oder weil sehr kleine Tierchen darin arbeiten, Würmer oder was auch immer; und manchmal dieses Huschen zwischen den Balken in der Wand. Ein Tier, eine Maus oder so etwas. Der Raum war stumm, weil alles gerade geschehen war, das ganze Unglück ist jetzt passiert, denkt Ona.

Peer, sagt Kriedel noch einmal, und da kapiert Pe, dass Kriedel seinen Namen sagt. Er hebt den Kopf, mit dem er ganz weit weg war, er sieht, dass Kriedel seine Hand hält.

Uhh, sagt er, stützt sich auf, und Kriedel lässt seine Hand los.

Alles okay? Fragt Kriedel.

Pe schüttelt sich. Das hat er vollkommen vergessen, dass er dachte, er habe GTA gespielt, als er im Krankenhaus aufgewacht ist.

Weil, klar, wie oft haben Dani und er am Abend noch GTA gespielt, wenn keine Schule morgens war.

Ich habe gerade GTA gespielt, sagt Pe.

Junge, Junge, sagt Kriedel.

Und Ona denkt, der weiß sogar, was GTA ist. Sie zieht das Kissen unter dem Kopf weg, dreht sich zur Seite, der Streit ist ganz weit weggerückt, obwohl er damit anfing, damit, dass Pe nach drei Monaten, die sie nun zusammen sind, sagt: Ich habe einen Bruder. Ich hatte.

Keine Ahnung, was GTA ist, sagt Kriedel, aber was ich gehört habe, ist nicht lustig.

Grand Theft Auto, sagt Ona. So ein Jungs-Ding, Computerspiel. Sie schiebt sich das Kissen unter den Po und setzt sich auf.

Ich habe gedacht, ich bin im Krankenhaus, als ich aufgewacht bin, nach dem Unfall, also im Spiel. Also ich dachte, ich spiele. Sagt Pe.

Warst du wahrscheinlich ja auch, oder, im Krankenhaus? Fragt Kriedel, und Pe sieht, wie Ona aufmerksam schaut, wie ihr Blick von ihm zu Kriedel wandert und wieder zurück. Dass sie kein bisschen böse ausschaut. Sein Magen knurrt, ein lautes langes Knurren, lauter als alles, was in der letzten Viertelstunde im Raum zu hören war. Ein Knurren wie von einem freundlichen, aber großen Tier. Ein Bärenknurren.

Ona muss darüber lachen, und Pe lacht auch.

Nur Kriedel noch immer nicht. Kriedel sitzt da, schaut auf seine Beine, als gäbe es etwas an denen zu entdecken, und Ona möchte sagen: Bitte atmen Sie!

Und Pe möchte ihn am liebsten umarmen, ist nicht so schlimm sagen, aber es wäre eine Lüge. Wie oft hat er im Krankenhaus und in der Rehabilitationsklinik versucht, seinen Eltern zu sagen: Das mit Dani ist schrecklich, aber mit mir, das ist nicht so schlimm, ich lebe ja noch. Wie oft hat er versucht, es sich selbst einzureden.

Du hast ja Hunger, Junge, sagt Kriedel. Und noch während er es sagt, steht er auf, ich glaube, etwas zu essen wäre jetzt gut.

Ona denkt an ein Gemälde. Und dass auf einem Gemälde manchmal auch schlimme Sachen zu sehen sind, tote Menschen oder tote Tiere. Man schaut sie an, aber eigentlich denkt man, das ist halt Kunst. Oder im Netz, wenn man schlimme Bilder sieht von toten Menschen, dann sieht man eben Bilder. Aber man denkt nicht gleich an den, der das gemalt hat, oder an die, die übrig geblieben sind, wenn jemand tot ist. Dabei sind die Übriggebliebenen eben übrig. Und müssen irgendetwas damit machen, weil, wenn alles innen bleibt im Menschenkörper, im Menschenhirn, dann werden der Körper und das Gehirn beschwert. Und sie denkt an das Totenmahl von Mama im Friedwald, das sogar ein schönes Fest geworden war oder wenigstens so etwas Ähnliches.

Und wie Papa sagte: Sie hat uns einen schönen Tag geschenkt. Und ihre Freunde. Sie bleiben uns.

Und wie sie da dachte, was für einen Bullshit redet er jetzt, und dabei heult er fast. Und trotzdem irgendwie froh war, dass all diese Frauen gekommen sind, von denen sie manche kannte, so viele Frauen, die ihr gefallen haben, nicht so gut wie Mama, aber auch gut. Und dass sie nicht alleine waren, sie und Papa, weil manchmal, wenn sie alleine gewesen sind in den Monaten danach, haben sie weder gelacht noch geweint. Die Zeit ist gelaufen und hat doch stillgestanden. Die Tage waren nicht gleich, und doch waren sie das. Nur wenn sie sich von Mama erzählt haben: Weißt du noch, wie Mama mit Feirefiz geredet hat? Und so weiter, und dann haben sie versucht, Mamas Alphabet des Maunzens nachzumachen, und sich dabei gekugelt vor Lachen. Und Feirefiz hat ihnen zugehört, als könnte er alles verstehen. In diesen Momenten war Mama auch da gewesen.

Ona schaut Pe an, der jetzt auf dem Sofa liegt und auf sein Handy guckt und scrollt und plötzlich sagt: schau! Und dabei setzt er sich auf, weil endlich hat er es gefunden, dieses Foto, auf dem er und Dani die beiden großen Softboards zum Strand tragen, über denen ihre Neoprenanzüge baumeln, er hinten und Dani vorne. Da war Dani gerade noch fünfzehn und er schon dreizehn, und es war ihr zweiter Surfsommer in Vieux. Pe gibt Ona sein Smartphone.

Wow, der schaut ja aus wie du, sagt Ona, wie Zwillinge seid ihr da. Und sie lehnt sich ans Sofa, sodass sie beide auf den Bildschirm des Smartphones schauen können.

Und Pe versucht sich zu erinnern, wie Dani war, damals. Und er sagt: Das ist erst später so geworden, dass er so merkwürdige Sachen gemacht hat. Er schaut auf Onas Lockenhaare, und für einen Moment stützt er sein Kinn auf ihrem Kopf ab, während sie zusammen auf die beiden blonden Jungs schauen, die sich sehr ähnlich sehen, auch wenn sie unterschiedlich groß waren, und deren Haare der Wind Richtung Dünen bläst. Und wie schlaksig ihre langen und drahtigen Beine und Arme ausschauen und wie hell ihre Haut ist, viel heller als die ihrer Gesichter.

Von der reflektierenden Sonne im Wasser, sagt Pe und tippt Dani auf die braune Nase. Und als er das macht, denkt er, dass er seinen Bruder nicht mehr berührt hat, seit der tot war, und auch niemandem ein Foto gezeigt hat, nicht einmal Potasche, der gar nicht weiß, dass Dani lange aussah wie er selbst, und wie das so ganz haargenau war mit dem Unfall, weiß Potasche eigentlich auch nicht. Jedenfalls nichts am Stück. Und er spürt, wie Ona sich nun gegen seine Beine lehnt, eigentlich fast schmiegt, und er sieht Onas Füße in den Strumpfhosen, und es fällt ihm ein, wie er einmal, ganz zu Anfang, Onas Füße beobachtet hat beim Gehen. Und wie besonders schön er fand, wie gerade die Füße von Ona bei jedem Schritt ausgerichtet waren, kein bisschen nach außen gedreht und kein bisschen nach innen. Einfach ganz gerade. Und wie dunkelbraun Onas Knöchel aus den Turnschuhen herausschimmerten. Und wie er sie einmal fragen musste, ob sie ein Instrument spielt, obwohl das gar nichts mit den Füßen zu tun hat jetzt.

Und Ona so: Ich kann trommeln, und dabei schlug sie sich mit den Händen so ein bisschen auf die Schenkel.

Pe mochte das so sehr.

Also echt? Hat Pe gefragt, wegen des Trommelns.

Also Schlagzeug, hat Ona gesagt. Und er dachte, dass er noch nie ein Mädchen kennengelernt hat, das Schlagzeug spielt.

Magst du Rockmusik? Hat er gefragt.

Auch, sagte Ona, du nicht?

Metallica? Fragte Pe.

Jaaa! Und Ona hat gejubelt und ihn angeschaut, als sei das etwas sehr Großes. Also jedenfalls war es Pe so vorgekommen. Und das war schön. Dabei mochte er Metallica nicht einmal besonders, aber weil es Dani hörte, also gehört hatte, und es die einzige Musik war, die er zu Hause laut spielen durfte, wenn ihr Vater nicht arbeitete.

Ich mag auch Schubert, hat Ona gesagt.

Und Pe hat es in seinem Kopf rumpeln gehört, also genauer genommen rauschte es bereits, weil er spürte, dass er keine Ahnung hatte, wer das sein sollte. Und es fiel ihm auch nicht ein, was er sagen sollte, um das zu überspielen.

Kennst du nicht?, fragte Ona.

Weiß nicht, hat Pe geantwortet, und dann hat er gesagt: nicht so automatisch.

Automatisch. Ona hat gelacht. Schubert ist nicht mal mit Instrumenten. Nur Stimme. Stark. Sagte Ona. Sind Lieder. Ich spiel's dir mal vor. Sagte sie. Danach hat sie geschwiegen.

Und Pe hat überlegt, ob er etwas Falsches gesagt hat oder warum Ona so still war, so still, dass er fast hören konnte, wie still sie war. Und es erinnerte ihn daran, wie der Vater, die Mutter und er manchmal gegessen haben zu Hause, nachdem Dani nicht mehr da war, nur er, und wie er immer dachte, dass seine Mutter nun lieber Dani da am Tisch sitzen hätte, lieber als ihn. Und niemand sagte etwas.

Und jetzt denkt er, dass auch Ona vielleicht gern etwas sagen würde, so wie er, aber er weiß nicht was. So viel passiert gerade gleichzeitig in seinem Kopf. Und als er seine Hände sieht, die nicht mehr als Hände, sondern als Fäuste auf Onas Schultern liegen, als könnte jeden Moment wieder etwas Schlimmes passieren, öffnet er sie. Wenn dein Körper sich anspannt, tut das auch dein Geist, hat Potasche einmal gesagt.

Und da sagt Ona plötzlich: Man kann auch mal nichts sagen. Also ich mag das. Sagt sie. Weil, nichts sagen ist manchmal gut. Und manchmal schlecht.

Pe fällt nichts ein, deshalb nickt er einfach.

Und Ona sagt: Aber wenn wir das so machen wie jetzt, dann ist es gut. Also bei mir. Du darfst beim Nichtssagen nur keine schlechten Gedanken haben. Das ist die Bedingung.

Ona macht beim Reden Bewegungen mit den Händen. Auch ihr Gesicht macht Sachen. Aber das kann Pe gerade nicht sehen.

Bedingung für was? Fragt Pe.

Für gutes Nichtssagen. Sagt Ona und macht mit der rechten Hand so eine schöne Wegwerfbewegung nach außen.

Pe muss lachen. Oke. Sagt er und machte ihre Bewegung nach. Fühlt sich gut an, sagt er. Aber ich habe eben an etwas gedacht.

Ich auch, sagt Ona. Aber es war gut. Und bei dir?

Ja, sagt Pe, sehr gut.

Oke, sagt Ona mit so einem langen e, dass Pe lachen muss. Und dann berührt Onas Hand seine.

Wahrscheinlich haben sie dann beide nicht mehr geredet; bis Kriedel mit dem Tablett hereinkommt, nur dagesessen, Ona an Pes Beine gelehnt, der immer noch auf dem Sofa sitzt, und haben so vor sich hin geschaut. Kriedel stellt ein riesiges Tablett auf einem Hocker ab.

Ich hoffe, ihr werdet satt, sagt er.

Pe möchte manchmal gerne wissen, was in Kriedels Kopf vor sich geht, weil im Gesicht von Kriedel sieht man die Gedanken wandern, sie marschieren durch das furchige Kriedelgesicht wie durch Straßen einer Stadt. Sie zucken in den Furchen, machen sie schmaler und breiter, so wie die Lippen und die Augen. Aber auch wenn Pe nicht weiß, was in Kriedels Kopf in diesem Augenblick vorgeht, sieht er, das ist etwas Gutes, also jedenfalls sieht er in Kriedels Gesicht keine Beunruhigung.

Und es war sehr gut, was Ona und Pe auf dem Tablett sehen konnten.

Möchtest du auf dem Sofa bei Peer sitzen? Fragt Kriedel Ona.

Und obwohl Ona sehr gerne Pe spüren will, denkt sie, dass sie lieber beide sehen möchte, Pe und Kriedel nebeneinander.

Ich möchte lieber, dass du da bleibst, sagt Ona.

Während sie essen, spricht niemand. Und obwohl das so ist, hört sich die Stille im Raum schön an. Es ist eine Stille, die gemütlich ist vom Kauen der Brote, denkt Ona, und am liebsten würde sie das jetzt sagen, aber sie sagt nichts. Salami isst sie eigentlich nie, aber diese Salami schmeckt gut, so nach Gewürzen, Fenchel oder was, ein wenig gesund vielleicht und trotzdem ein bisschen fettig.

Wer nimmt die letzte Brotschnitte?, fragt Kriedel.

Weil Ona nichts sagt, sagt Pe: Ich, ich nehm sie gerne.

Nimm sie, sagt Kriedel, der kein bisschen müde ausschaut, nicht einmal gähnt.

Pe schaut für einen Moment zu Ona, die in Gedanken versunken dasitzt und sich im Ledersessel weder rührt noch etwas sagt.

Kriedel setzt sich aufrecht, schlägt das linke über das rechte Bein, und Ona sieht, wie sich auf seinem Gesicht die Falten im Mundwinkel spannen, wie die Stirnfalten zucken, wie er kurz die Augen schließt. Und als er sie wieder öffnet, schaut er Ona an und sagt: Das war die Vorgeschichte, oder?

Pe sieht, dass Ona kurz innehält, dann ihn anschaut.

So wie jetzt hast du es mir nicht erzählt, das mit Dani. So genau. Sagt Ona.

Pe zuckt mit den Schultern und schaut zuerst Ona an und dann Kriedel, und dann sagt er: Ich habe es noch nie jemandem so erzählt. Nicht einmal meinen Eltern, nicht einmal meinem Therapeuten, nicht einmal dem Meer.

Und Kriedel nickt, nickt noch einmal.

Pe sieht, dass Ona schluckt, sieht ihren Kehlkopf sich heben, sich senken.

Aber es hat mit eurem Streit zu tun, sagt Kriedel.

Und obwohl Ona gerne sagen möchte, es war kein Streit, sagt sie: Ja, damit. Weil ich gesagt habe, Dani ist ein Idiot.

Und ich sage, dass das nicht stimmt, sagt Pe, und er setzt sich aufrecht, schaut entschieden von Kriedel zu Ona und wieder zurück, während sich Kriedel zurücklehnt, plötzlich, ganz entspannt ins Sofa lehnt.

Aber dann aufsteht. Stört es euch, wenn ich ein Zigarillo rauche?, fragt er und geht raus. Und noch bevor Pe und Ona Zeit haben, sich Sorgen zu machen darüber, was sie nun sagen wollen, mit einem angezündeten Zigarillo und einem Zinnschälchen wieder zurückkommt.

Und Pe denkt, dass er jetzt nicht sagen soll: mhh, mhh. So wie es sein Vater täte, und dabei so ein gescheites Gesicht machen, weil dann …

Aber da sagt Kriedel: Er hätte dich fast getötet, dein Bruder. Und er hat sich getötet. Das ist aggressiv. Und er sieht Pe an, aufmerksam und ohne dass sein Gesicht sich rührt.

Und Pe hört das. Ja, er hört das genau. Aber er denkt das nicht. Das mit dem »aggressiv«.

Ich meine, sagt Ona, ich bin einfach erschrocken, während sie die Schnürsenkel ihrer Turnschuhe öffnet und die Füße auf den Sessel zieht.

Ich lebe ja noch, sagt Pe.

Und Ona sieht, wie seine Hand fast reflexhaft das Haar über die Narbe streicht. Und wie es in seinem Gesicht plötzlich zuckt.

Und in diesem Moment denkt Pe, dass es hätte sein können, dass er das alles nicht mehr erlebt. Die Liebe zu Ona nicht, das gute Gefühl mit Kriedel nicht, nicht, dass er jetzt hier sitzt und nicht mehr zu Hause wohnt. Alles nicht. Dass er leben kann, auch wenn Dani nicht lebt. Und plötzlich denkt er an das Mädchen am Fluss, das er einmal getroffen hat, da war er wieder einigermaßen gesund gewesen, und wie er dachte, wenn ich jetzt normal wäre, würde ich mich in die verlieben. Da hat er am Fluss gesessen, keine Ahnung wieso, weil er laufen gehen wollte wahrscheinlich, und es nur einen Kilometer weit geschafft hat, weil er dann nicht mehr konnte, weil er kaum noch Muskeln an den Beinen hatte und also keine Kraft und Kondition eh nicht und weil die Traurigkeit einen am Laufen hindert oder die Gedanken. Wenn Gedanken zu schwer werden, bleibt ein Körper plötzlich stehen, da, wo er ist, als ob der Motor es nicht mehr schafft, den schweren Gedanken weiterzutreiben. Und also hat er am Fluss gesessen und Steinchen geworfen, kleine Steinchen auf einen großen, und zugehört, wie es klackte und dann ploppte, wenn der kleine Stein vom großen abprallte und ins Wasser fiel. Und da hörte er plötzlich so eine Mädchenstimme, die sagte: Komm weiter!

Und als er aufschaute, stand ein kleiner, sehr weißer, wuscheliger

Hund neben ihm, der fröhlich schaute, und ein Mädchen, das ernst schaute. Der Hund ging nicht weiter, sondern er kam zu Pe her, ganz nahe, und dann stellte er seine Vorderbeine auf Pes Oberschenkel, und Pe konnte nicht anders, als ihn zu streicheln.

Sorry, sagte das Mädchen, das macht sie sonst nie.

Was ist das?, fragte Pe.

Ein Hund. Sagte das Mädchen.

Für eine Rasse, meine ich, sagte Pe.

Ein Japanspitz, sagte das Mädchen.

Nie gehört, sagte Pe. Ist aber süß.

Sie ist noch jung, sagte das Mädchen, das auch noch jung war, fünfzehn vielleicht. Und er war gerade siebzehn geworden.

Ist das deiner? Fragte Pe.

Meine. Sagte das Mädchen, und die von meiner Mutter.

Und sofort wollte Pe sagen: und nicht von deinem Vater? Aber dann sagte er: nur von euch zwei?

Reicht das nicht? Fragte das Mädchen.

Pe spürte, wie er rot anlief und dann klar sagte. Klar doch.

Ich bin Lu. Sagte das Mädchen. Und du?

Pe, sagte Pe.

Was? Auch nur zwei? Sagte das Mädchen. Dann kratzte sie sich an der Stirn und schüttelte den Kopf, dass die blonden Haare so ein bisschen herumflogen. Hab ich's doch gewusst. Sagte sie.

Was?

Dass ich so jemanden wie dich einmal treffe.

Hä?, sagte Pe.

Einen, der auch so zweisilbig ist.

Einsilbig, sagte Pe.

Mein ich doch. Sagte Lu.

Und weiter?, fragte Pe.

Mayer.

Wenn alles wirklich in Ordnung gewesen wäre damals, hätte Pe sehr lachen müssen, aber weil das nicht so war, weil er gar nicht so gut lachen konnte damals - also vielleicht hatte er seit Monaten nicht mehr gelacht -, musste er wenigstens ein bisschen lächeln, und er hat gesagt: Aus welchem Film kommst du denn?

Und wie er sich danach gewünscht hat, dass er wieder so normal sein könnte, dass er sich in so ein Mädchen wie diese Lu verlieben würde. Und dass er es jetzt gekonnt hat, trotz allem, und dass Ona noch lustiger und schöner und schlauer ist als diese Lu, und dass deshalb doch alles gut ist.

Aber du warst schwer verletzt, sagt Ona und holt ihn aus seinen Gedanken. Du wärst auch fast gestorben. Sagt sie.

Und Pe guckt sie nur kurz an, dann senkt er die Augen.

Man muss aber einräumen, dass dein Bruder es bestimmt nicht mit Absicht gemacht hat, sagt Kriedel. Er wollte bestimmt keinen Unfall herbeiführen. Kriedels Hand mit dem Zigarillo liegt auf seinem Schenkel, und wie der Rauch nach oben steigt, denkt man, die Luft steht still im Zimmer.

Aber der war doch bekifft, also, der hat doch gewusst, dass er bekifft Auto fährt, also hat er in Kauf genommen, dass das passiert. Sagt Ona und hört ihre eigene Stimme, die lauter geworden ist, als sie möchte. Meine ich, sagt sie leise. Und sie schaut nicht auf Pe, extra nicht.

Pe hat zugehört, aber was soll er sagen?

Wenn man sich unsicher fühlt, wenn man in einer Phase ist, in der man nicht mehr weiß, ob es gut ist, wie man lebt, wie man sich verhält, was man tut, was man vorhat, handelt man manchmal unvorsichtig, sagt Kriedel. Um sich besser zu fühlen, um einen Zustand zu erreichen, in dem man stark ist oder sich jedenfalls so vorkommt.

Und Pe denkt, genau, genau so war es. Und er sagt: Er hat das doch nicht mit Absicht gemacht. Und er sieht, dass Ona ihn nicht anschaut.

Ganz bestimmt nicht, sagt Kriedel, und noch einmal: ganz bestimmt nicht.

Und, klar könnte er auf seinen Bruder wütend sein und alles, aber er ist es nicht. Er ist nicht wütend, das hat er auch zu Potasche schon oft gesagt. Traurig. Traurig wahrscheinlich. Wütend ist er auf seine Eltern, weil die es nicht schaffen, mit ihm zu sprechen, weil die immer wieder einmal so etwas sagen wie: ›hast du ihn denn nicht abhalten können?‹ oder ›du hättest ihm doch den Schlüssel wegnehmen können‹ oder ›warum hat Berti ihm nicht den Schlüssel weggenommen?‹ oder ›auf Berti hat er doch immer gehört‹ oder ›was ist denn da passiert an dem Abend, dass er so was tun musste?‹ oder: ›Hat das mit dem Mädchen zu tun?‹ Und da meinten sie Zora, klar, weil Zora sich gemeldet hat nach Danis Tod und geweint hat, weil sie das Gefühl hatte, sie hat Dani nicht ernst genommen. Und so weiter. Lauter solche Sachen. Solche Sachen, die dazu führten, dass er, Pe, immer noch mehr dachte, er hätte es doch schaffen müssen, ihn abzuhalten. Und deshalb sagt er jetzt:

Ich habe alles getan, alles, was ich konnte, dass er nicht losfährt. Aber ich habe es nicht geschafft. Und er spürt, wie seine Stimme nachgibt.

Ona schüttelt den Kopf. Und sie denkt, dass es doch nicht sein kann, dass Pe nicht kapiert, dass sie sauer ist, weil – ist doch klar. Dieser Bruder hätte Pe fast umgebracht. Und sie kann sich nicht vorstellen, dass es einen Menschen gibt, der ohne nachzudenken zwei Leben aufs Spiel setzt, und dann sagt sie: Vielleicht hat er ja sterben wollen.

Pe schüttelt den Kopf: Sicher nicht, der wollte doch umziehen in der Woche später, der wollte studieren, alles.

Aber dann passt man doch auf sich auf. Sagt Ona. Und auf andere.

Ona, sagt Kriedel. So wie dein Freund das erzählt hat, war Dani wirklich sehr bekifft. Er war in seinen eigenen Augen ein Held. Ein Supermann. Wahrscheinlich. Einer, der alles schafft.

Dein Freund, denkt Pe. Und wie sein Vater neulich am Telefon gesagt hat: Behandle sie gut, deine Freundin. Und wie er wütend geworden ist, weil, als ob er schon jemals ein Mädchen oder sonst jemanden schlecht behandelt hätte.

Und sein Vater, wie der dann gesagt hat, man weiß ja nie.

Und da hat Pe aufgelegt.

Und eine halbe Stunde später hat sein Vater wieder angerufen: Es tut mir leid, hat er gesagt.

Und er so, wütend, wie er war: Ich bin ja nicht Dani.

Und da hat der Vater gesagt: Nein, aber sein Bruder.

Was soll das jetzt heißen?

Nichts, hat der Vater gesagt. Nur dass man in der Familie manchmal Ähnlichkeiten hat.

Und da ist Pe ausgerastet: Was redest du für einen Mist, hat er gesagt und dann wieder aufgelegt.

Und dann hat seine Mutter angerufen und gesagt: Er meint es doch nur gut, er will halt nicht, dass du dieses nette Mädchen wieder verlierst.

Dieses nette Mädchen, hat Pe gesagt.

Und seine Mutter so: Diese Ona.

Pe hat das Gefühl, dass seine Eltern auf einem komplett anderen Stern leben, seit Dani tot ist, auf einer Galaxie, beherrscht von ziemlich viel Angst und Misstrauen. Und dass sie das nicht einmal merken.

Er hört, wie Ona sagt: Aber darf man nicht trotzdem auf jemanden wütend sein, der sich selbst aus Dummheit umgebracht hat und dazu noch fast jemanden, den man – Ona macht eine Pause – liebt?

Kriedel bläst Rauchkringel, sie schweben nach links und zerfließen in der Luft. Selbstverständlich, sagt er. Natürlich darf man das, und ich versteh dich gut, Ona, und tatsächlich hat Peers Bruder nicht nur seinen Bruder fast getötet, er hat auch seinen Eltern etwas angetan, seinen Freunden, allen, die ihn mochten, liebten.

Kriedel legt das Zigarillo in die Zinnschale. Er steht auf, dann setzt er sich wieder hin, ohne etwas zu tun. Schuld, sagt er, das ist ein kompliziertes Thema. Und in diesem Fall ist derjenige, der sich zu verantworten hätte, der so etwas Moralisches wie Schuldgefühle empfinden könnte, der um Verzeihung bitten könnte und dem man verzeihen könnte, leider kein Ansprechpartner. Und obwohl vor allem Peer und seine Eltern wütend sein könnten auf ihn und dürften, haben sie auch die große Aufgabe, ihm zu verzeihen. Zu vergeben.

Pe schaut kurz zu Kriedel, weil er Kriedels Arm für einen Augenblick an seinem spürt, die Elle, die so tut, als nicke sie ihm zu, und er lächelt.

Ich meine das gar nicht im religiösen Sinne, sagt Kriedel. Man kann nur einfach besser leben, wenn man verzeihen kann. Dann ist man wieder frei. Dann geht auch dieses schlechte Gefühl, das einen richtig beißen kann, wieder weg.

Draußen auf dem Straßenpflaster hört man ein Auto vorbeifahren, langsam, dann ist es wieder still.

Mama hätte sich gut mit Kriedel verstanden, denkt Ona. Und dass er ein bisschen so redet wie sie.

Und Pe denkt an Potasche. Und was gewesen wäre, wenn Potasche ihm das so erklärt hätte? Potasche erklärte nichts. Er wartete, bis Pe erzählte, stellte Fragen, manchmal kommentierte er. Manchmal kommentierte er so, als behaupte er etwas. Zum Beispiel: Du bist wütend auf deinen Bruder, nicht nur, weil er dich verletzt hat, sondern auch, weil du nun die ganze Trauer deiner Eltern, ihre ganzen Zweifel alleine aushalten musst. Ihr ganzes Unglück.

Und dass er deshalb wütend geworden ist auf Potasche und später gedacht hat, dass das mit den Eltern stimmt, dass Dani ihm den ganzen Mist eingebrockt hat.

Aber Pe sagt jetzt nichts, er schaut, wie Ona schaut, aber er kann es nicht sehen, weil ihr Kinn auf ihren Knien liegt und sie auf ihre Füße starrt, ganz still.

Und Ona möchte gerne etwas gegen Kriedel sagen, so was wie: Wie kann man verzeihen, wenn man mit jemandem nicht mehr reden kann? Aber sie hat Mama auch verziehen, alles. Und vor allem, dass sie nie zum Arzt gegangen ist. Wäre sie zum Arzt gegangen wegen des Schwindels, hätte man vielleicht entdeckt, dass ihr Herz diese Störung hat, aber wäre sie zum Arzt gegangen wegen des Schwindels, wäre sie nicht die Mama gewesen, die sie geliebt hat. Die sich nicht so schnell einen Kopf machte über alles und viel lustiger war, als sie selbst es jemals würde sein können. Wahrscheinlich. Nur dass sie diesem Dani das erst einmal nicht verzeihen kann, das weiß sie.

Ich muss ihm ja nicht verzeihen, sagt Ona. Und sie sieht, wie Kriedels Gesicht zuckt, wie die Falte am rechten Mundwinkel sich zusammenklemmt, wie seine Stirn sich fältelt, wie er für einen Moment innehält, bis sich sein Gesicht wieder beruhigt.

Das wäre aber besser, sagt Kriedel.

Und er schaut Ona an, die ihre Beine vom Sessel nimmt. Und sie spürt, dass auch Pe sie anschaut, und weil sie nicht weiß, was sie sagen soll, wackelt sie so ein bisschen mit dem Kopf, und zu ihrer eigenen Überraschung sagt sie: Gut, ich überlege es mir. Und dann schaut sie Pe an, der wieder diese Bewegung mit der Hand macht, die sie so lieb gewonnen hat, seit sie ihn aus dem Wasser hat kommen sehen, damals am Meer. Mit den Fingern fährt der sich die ganze Stirn entlang und schiebt sich dabei die Haare zur Seite, sodass sie für eine kleine Weile auf der Narbe liegen bleiben. Und wie sie da liegen, wie ein kleiner frischer Strohhaufen nach dem Rechen, das mag Ona so sehr, dass sie jetzt grinsen muss, und Pe grinst auch.

Und manchmal, wenn sie miteinander geschlafen haben, macht Ona diese Bewegung nach, sie streicht mit der Hand über Pes Stirn, nimmt dabei, wie zufällig, die Haare mit, sodass sie sich fast glätten über die Schläfe hinüber zum Ohr. Weil sie das mag, so entspannt daliegen und dabei Pe anschauen, wahnsinnig gerne mag sie das. Aber das geht leider nicht so oft, und sie denkt an die Hängematte neulich und wie sie einfach mal sehr mutig gewesen ist und sich über Pe drübergebeugt hat und wie sie haben lachen müssen, weil die Hängematte so schaukelte, und wie Pes grüne Augen glitzerten und blitzten und wie sie, wie immer, seinen Kopf mit den dicken Haaren in die Hände nahm, weil sich das so zärtlich anfühlte, so als habe sie nun Verantwortung für ihn und dass es ihm gut geht, und wie sie ihn dann küsste, noch einmal, und dabei ganz vorsichtig die Zunge zwischen seine noch nicht sehr geöffneten Lippen schob, bis Pe seine Zunge an ihre herankommen hat lassen. Und wie sehr ihr Herz da klopfte, wie es zwischen ihren Beinen aufgeregt wurde und wie sehr sie gerne nackt sein wollte mit Pe. Und ohne viel nachzudenken, hat sie ihr Shirt über den Kopf gezogen, und bevor sie für einen Moment nichts mehr sah, sah sie, dass Pe nicht lächelt. Pe schaute sie aufmerksam an, aber nicht fröhlich. Nicht so, wie sie selbst Pe anschaute, ganz bestimmt so nicht. Aber da war ihr T-Shirt schon überm Kopf, und sie hatte es neben sich in die Hängematte fallen lassen und saß mit nacktem Oberkörper auf Pe, und ihre Minibrüste waren ganz spitz und aufgerichtet. Und sie mochte das, weil sie mochte, wie ihre Brüste aussahen, obwohl die nicht groß und nicht so waren, dass man sie in einen Push-up zwängen konnte, sie waren anders, aufmüpfiger und so, als hätten sie etwas zu sagen. Und da merkte sie, dass Pes Hände wie festgewachsen an ihrem Po lagen und Pe sich nicht bewegte, und plötzlich war ihr alles sehr peinlich, und sie legte sich auf Pe, einfach so, obwohl sie gerne hat fragen wollen, was los ist, aber irgendwie traute sie sich nicht.

Da sagte Pe: Ich kann das einfach manchmal nicht. Ich weiß nicht wieso. Wenn wir was reden, dann geht mir immer noch durch den Kopf, was wir geredet haben, und dann kann ich nicht. Und du kannst immer.

Und Ona hat lachen müssen, weil das so wie ein Vorwurf klang.

Aber Pe hat nicht gelacht, weil er war noch nicht fertig mit dem Satz, und also sagte er: Du kannst immer gleich umschalten.

Und das stimmte. Ona konnte umschalten.

Und obwohl Pe nicht weiß, worüber Ona gerade nachdenkt, spürt er, dass es um ihn geht, kennt er Ona gut genug, um zu wissen, wenn sie so in sich versinkt wie in diesem Moment, dann geht es um eine wichtige Sache, dann denkt Ona genau nach. Ona sitzt nämlich wieder mit angezogenen Beinen im Sessel, die Elle auf der Armlehne abgestützt und in der rechten Hand liegt ihr Kopf. Sie hat die Augen nicht geschlossen, aber Pe kann nicht sehen, wohin sie genau schaut, auf ihre Füße oder auf ihre Oberschenkel, jedenfalls schaut sie auf sich selbst und nicht auf ihn. Und dann schaut sie doch auf ihn, plötzlich, schaut ihn durchdringend an, so als ob sie etwas entdecken könnte in seinem Gesicht, als ob sie etwas in Erfahrung bringen kann, indem sie ihn fast röntgt. Und dann lächelt sie.

Und Pe lächelt zurück, obwohl er nicht weiß, ob jetzt alles gut ist, also, wie das gehen kann, wenn Ona ihn nicht so gut versteht, wie sie ihn bisher verstanden hat, und dass sie ja noch nicht einmal gefragt hat, warum er drei Monate brauchte, bis er überhaupt einmal seinen Bruder erwähnt hat.

Obwohl, einmal, da hat sie gesagt: Bist du auch so ein Einzel?

Und er hat gezögert und ja gesagt, und nicht ja, aber erst seit drei Jahren. Dabei wusste er, dass Ona weiß, wie es ist, wenn man jemanden plötzlich verliert, der alles war. Dani war sein brother. Und jetzt denkt er, dass er vielleicht genau davor Angst gehabt hat, dass Ona auf Dani wütend sein könnte, dass sie sagen könnte: Was für ein mieser Typ. Dass sie über den toten Dani, den sie niemals erlebt hat, schlechte Sachen sagt. So wie heute Abend.

Kriedel hat lange nichts mehr gesagt, hat in der Sofaecke gesessen, die Beine übereinandergeschlagen, ganz für sich, und als ob er plötzlich aus einer anderen Welt auftaucht, die sehr weit weg ist, sagt er: Ich sollte zu Matilda fahren.

Und Pe spürt, wie Ona sich aufrichtet, und er schaut Kriedel an, der lächelt, irgendwie so, als käme noch etwas, aber es kommt nichts.

Wo ist sie? Fragt Ona.

In Spanien, sagt Kriedel. Vielleicht muss ich da hin. Er schaut Pe an, und Pe ist so müde, dass er nur noch nicken kann.

Ich muss schlafen, sagt Pe.

Und jetzt?, fragt Pe, als sie draußen vor Kriedels Tür stehen.

In der Gasse ist es noch still, zwischen den Häusern gurren Tauben, und ab und zu überquert eine flatternd die Straße, stolziert ein bisschen herum und pickt zwischen den Pflastersteinen. Nur in der Ferne hört man bereits den Verkehr. Pe weiß nicht, ob er nun zu sich nach Hause gehen möchte. In seinem Körper ist ein Sirren, das er nicht versteht, als zitterten die Sehnen oder was. Wenn er mit zu Ona ginge, dann müsste er sie fragen, was das ist, und sie würde sagen, das ist von der Aufregung. Das weiß er jetzt schon. Und dass er schlafen sollte und dass es bestimmt wie weggeblasen sei, wenn er wieder aufwachte. Überhaupt sagte Ona in Momenten, in denen Pe Kopfweh hatte und dachte, er habe einen Gehirntumor, oder Bauchweh und deshalb einen anderen Krebs, oder Schweinpest oder Vogelgrippe, irgendetwas, was ihn zum Lachen brachte.

In dir drin wohnt eine ganze Zoohandlung. So was sagte sie dann. Und dann war alles eine Weile besser. Wenn er aber nach Hause ginge, würde er noch eine Stunde googeln, um dann zu denken, dass er vielleicht MS hatte oder sogar ALS oder irgendetwas, das noch keiner kannte und was deshalb auch nicht heilbar war.

Ich weiß auch nicht, sagt Ona, die neben ihm steht und so still ist wie gewöhnlich nie.

In Pes Wohnung liegt kein Streit, den man erst hinaustreiben muss, denkt Ona, und dass sie es mag, wie es in Pes Zimmer riecht, sie mag, wie die große Matratze so ein bisschen provisorisch auf dem Holzboden liegt, sie mag, wie das Surfbrett neben der Tür an der Wand lehnt, sie mag diese Tischplatte auf Böcken, sie mag seine große Kleidertruhe, sie mag die Bockleiter, an der seine Jacken und ein paar Hemden hängen, und vor allem mag sie, wie die Hängematte zwischen den Balken des Zimmers hängt. Das mag sie am allerliebsten an Pes Zimmer. Und dass nichts an der Wand pinnt. Dass nur die Fenster Bilder sind. Ahornbaum und Himmel. Sie mag es, mit Pe einzuschlafen und aufzuwachen, und sie mag es, wenn sie miteinander schlafen. Aber das machten sie immer nur bei Ona. Und sie machten es weniger oft, als Ona es gern hätte. Und eigentlich fängt immer Ona damit an. Aber vielleicht muss sie auch bei sich zu Hause schlafen heute. Weil beim Allein-Schlafen kann man im Kopf besser Dinge erledigen als beim Zu-zweit-Schlafen. Gedanken ordnen zum Beispiel und Auseinandersetzungen noch einmal angucken wie Filme. Und dann denken, dass es nun gut ist.

Pe wäre jetzt gerne so stark, dass er fragen könnte: Willst du alleine sein? Damit Ona ein unabhängiges Gefühl bekommt, oder er selbst, so, als wäre er zu allem bereit, Hauptsache, es ginge ihr gut. Aber es ist nicht möglich. Sein Mund bleibt still, weil seine Zunge darin liegt, als sei sie im Tiefschlaf.

Und als ob Ona die Frage gehört hat, sagt sie: Ich weiß auch nicht, was ich will. Aber ich bin müde. Ich wäre gerne bei dir und gerne bei mir.

Pe legt den Arm um ihre Schulter, und sie lehnt ihren Kopf dagegen. Irgendein merkwürdiges Gefühl plagt sie. Vielleicht war das ein schlechtes Gewissen oder immer noch so eine Wut auf Dani oder so eine Wut auf Pe, weil er nicht verstehen kann, dass sie wütend auf Dani ist. Aber vielleicht verstand er es ja auch. So, wie sie jetzt besser weiß, dass Pe etwas sehr, sehr Schlimmes erlebt hat, etwas Großes, etwas, was sein Körper vielleicht nie mehr vergisst.

Kann man irgendwo frühstücken jetzt?, fragt endlich Pe.

Aber Ona will jetzt auf keinen Fall frühstücken.

Ich möchte nur schlafen, ich kann heute nicht an die Uni. Sagt sie.

Wenn sie nun nach rechts die Straße entlanggehen, kommen sie gleich zu Ona, nach links müssen sie zuerst zum Fluss hinunter, und dann wären sie irgendwann bei Pe, dessen Mitbewohner wahrscheinlich bald aufsteht. Es ist, als ob sie beide sich nicht bewegen wollen, weil jede Bewegung eine Entscheidung ist, die ihnen irgendwie gefährlich vorkommt.

Pe spürt Onas Atem an seiner Schulter, er bläst Luft in ihre Haare und beobachtet, wie das Licht der Sonne hinter den Dächern hervorleuchtet, wie die Dächer der alten Häuser einen Strahlenkranz bekommen, wie von freundlicher Geisterhand.

Ona findet, dass Pe auch noch am Morgen, ohne Schlaf, gut riecht, und für einen Moment denkt sie, dass sie in diesem Geruch einschlafen könnte, wenn sie sich nicht bewegen müsste, und dass das doch reichte. Aber im nächsten Moment wünscht sie sich so einen Kokon, wie ihn sich Raupen spinnen, um zur Puppe zu werden.

Das Sirren in Pes Beinen nimmt zu, als sie da stehen, es ist, als ob kleine Blitze seine Beine durchzucken, seine Arme, alles, und nur wenn er sich auf Onas warmen Körper konzentriert, vergisst er es für einen Moment oder es verschwindet. Und weil er nicht fragen will:

Darf ich mit zu dir kommen?, sagt er nun einfach: Möchtest du mit zu mir kommen? Und eigentlich weiß er da schon, dass Ona nein sagen wollte. Nein, ich muss alleine schlafen jetzt.

Und genau das sagt Ona, aber sie schaut ihm dabei in die Augen, sie schaut so, dass er ihr glaubt, sie schaut so, dass sie ihn sicher sein lassen will, dass das nicht bedeutet, dass sie ab sofort ohne ihn schlafen möchte und alles. Sie schaut so, dass er weiß, dass er keine schlechten Gedanken mehr haben muss.

Ona sagt es, und obwohl sie so müde ist, weiß sie, was sie tun will und warum sie alleine sein möchte. Sie will nach Hause gehen und sich das kleine Video auf dem Smartphone anschauen. Das von ihr und Mama. Und dann würde sie lachen müssen und dann weinen, und das wäre schön und gut, und dabei würde sie einschlafen.

Und obwohl Pe Angst hat vor dem Sirren in seinem Körper und dass er nicht würde schlafen können, jedenfalls nicht gleich, sagt er: Gut. Dann machen wir das so.

Das Sirren im Körper hört auch auf dem Nachhauseweg nicht auf, und obwohl Pe immer schneller geht, vibrieren seine Beine. Pe denkt an Rasenmähen und wie er einmal mit der Motorsense bei den Großeltern den Obstgarten gemäht hat, wie sein Körper dabei ins Sirren kam, als sei er ein Motor. Unten am Fluss überqueren die ersten Autos die Brücke, die Sonne steht über dem Wasser, als er den Weg in seine Straße einschlägt. Und obwohl er noch gar nicht lange hier wohnt, mag er gerne auf das große hohe Haus neben dem Tennisplatz zuzuschreiten, immer mit Blick auf sein Fenster, das zweite von links im dritten Stock, das er erst sehen kann, wenn er an den großen Bäumen vorbei ist, aber auch nur zur Hälfte, weil im Garten ein Ahornbaum steht. Im Haus rennt er die Holztreppe nach oben, öffnet die geflügelte Wohnungstür und geht leise in die große Diele. Wenn er nun anfinge, Krankheiten zu googeln, würde er gar nicht schlafen, das weiß er, aber wenn er es nicht tun würde, was wäre dann? Er legt sein Smartphone auf den Schreibtisch und stellt sich für einen Augenblick an das Fenster seines Zimmers, schaut nach unten, sieht – als ob das möglich wäre – den Pe, der gerade nach Hause kommt, sieht, dass dieser Pe aufrecht die Straße entlangschreitet, gar nicht eingeknickt, gar nicht so, als ob er eine schlimme Krankheit hat, sieht, dass etwas anders war. Auch wenn er nicht weiß, was. Er dreht sich um und zieht die Schuhe aus, dreht sich auf dem glatten alten Holzfußboden einmal im Kreis, weil Ona das manchmal so macht, und entscheidet sich dafür, sich in die Hängematte zu legen und nicht in sein Bett. Potasche hat einmal gesagt, dass man schlechte Gedanken durch gute eliminieren kann. Dass, wenn die Ängste wiederkommen nachts im Traum, zum Beispiel davor, keine Luft mehr zu bekommen, davor, zu ersticken, weil etwas schwer auf seiner Brust liegt, oder der schlimme Kopfschmerz, er ganz intensiv an etwas Schönes und Gutes denken solle, sich genau den Ort vorstellen, an dem das Schöne geschieht, den Geruch, die Farben, alles. Und weil es in den Beinen immer noch sirrt und auch in den Armen, überlegt Pe, was er tun kann dagegen, aber dann schließt er die Augen, und obwohl das nun hätte logisch sein können nach dieser Nacht, war da nicht Ona zu sehen und auch nicht Kriedel und auch nicht Dani, sondern einfach nur das Meer und er mitten darin auf seinem Brett. Und langsam paddelt er nach draußen, mit ruhigen Schlägen sieht er den Wellen entgegen, und ist eine größer, macht er den Duckdive, taucht nach unten und unter ihr hindurch, und in die kleineren paddelt er hinein, lässt sich mit seinem Brett an den Peak der Welle tragen und auf der anderen Seite wieder hinunter. Bis er da liegt, wo das Meer ruhig ist, sein Brett nur noch sanft schaukelt und er das Meer bis zum Horizont betrachten kann. Da bleibt er.

Als er aufwacht, ist zwei Uhr Mittag und er liegt in der Hängematte. Für einen Augenblick weiß er nicht, wo er ist, dann fällt ihm alles wieder ein, der Streit mit Ona und dass er dachte, das war's jetzt. Bevor alles richtig angefangen hat. Die Erinnerung ans Krankenhaus, die er noch nie so deutlich gehabt hat, und schließlich Kriedel, und wie merkwürdig es ist, dass er jemanden kennt, der so alt ist wie seine Eltern, aber ein komplett anderer Mensch ist. Und erst dann fällt ihm ein, dass es sein könnte, dass Ona nach dem Aufwachen plötzlich denkt, dass sich das alles nicht lohnt mit ihm. Dass er zu kompliziert ist oder jedenfalls nicht lustig. Das denkt er, und dabei dreht er sich auf den Rücken, streckt seine Beine aus und spürt nichts Schlimmes im Körper. Das Vibrieren ist nicht mehr da.

Kann ich in deine Hängematte kommen? Hat Ona geschrieben. Das war noch keine Stunde her.

2

Ganz einfach, sagt Kriedel, und Ona sieht, wie Pe den Schalthebel bewegt, als gäbe es nichts Leichteres.

Habe ich verstanden, sagt er, und Kriedel nickt.

Dann fahren wir weiter. Sagt Kriedel.

Ona ist überrascht, aber sie sagt kein Wort. Noch in der Nacht vor dem Einschlafen hat Pe gesagt: Ich fahre aber nicht! Ganz sicher.

Warum nicht? Hat Ona gefragt. Denn tatsächlich haben sie noch nie übers Autofahren gesprochen.

Weil ich dann für euch verantwortlich bin, hat Pe gesagt und an die Zimmerdecke geschaut. Weil ich nicht mehr gefahren bin seit dem Führerschein. Weil ich nicht an Dani denken will. Deshalb.

Jetzt sitzt Pe gar nicht angespannt auf dem Fahrersitz von Kriedels Käfer, und Ona hat sogar das Gefühl, es macht ihm Spaß, diese Schaltung auszuprobieren.

Wir können die Route Nationale weiterfahren, oder? Fragt Pe.

Gerne, sagt Kriedel.

Ist entspannter, sagt Pe. Er ruckelt sich im Sitz zurecht, in den man etwas einsinkt, dann friemelt er sein Telefon aus der Hosentasche. Kann ich das an dein Retroteil andocken, weil ..., fragt er Kriedel.

Musst du mir nicht erklären, unterbricht ihn Kriedel. Funktioniert über Bluetooth.

Ich will dir nur was vorspielen. Sagt Pe.

Ona lehnt sich zurück. Sie weiß, was jetzt kommt. Pe will Kriedel Benjie vorspielen. Ona ist sicher, Kriedel wird es mögen.

Eine Frau mit einem großen weißen Hund steigt aus einem Auto aus, und als sei sie der Hund, schüttelt sie sich. Der Hund ist ein Mädchen und pinkelt direkt neben dem Käfer ins Gras. Ona sieht, dass die Frau zu ihnen hereinschaut, und als die Musik plötzlich ziemlich laut wird, dreht sie sich noch einmal zu ihnen um.

Pe startet das Auto. Es knattert, dann schnattert es.

Als Mama noch lebte, wollte Ona auch immer gerne einen Hund haben, aber plötzlich war da der Kater, den sie in Omas Dorf davor gerettet hat, ersäuft zu werden. Jetzt ist Feirefiz zum ersten Mal ohne sie zu Hause. Ona mag nicht gerne daran denken.

Seit sie losgefahren sind, und das ist nun immerhin schon sechs Stunden her, hören sie Jack Johnson oder nichts und dann wieder Jack Johnson und dann wieder nichts.

Ruhig Blut, singt jetzt Benjie, und Ona hört, wie Pe sagt: Ziemlich guter Typ ist das.

Warum?, fragt Kriedel.

Weil er kein Rassist ist, im Gegenteil, sagt Pe, und sich auskennt mit Schlechtgehen. Und so. Ich glaube, der findet auch Surfer gut.

Kriedel muss lachen. Schönes Lied, sagt er, mag ich.

Aber er kifft auch, sagt Ona, weil sie sich das jetzt nicht mehr verkneifen kann.

Pe sagt nichts.

Sagt man, sagt Ona.

Komm Mama, komm Papa, komm Schwester, komm Bruder
Richtung gelobtes Land, kommt, wir gehen Hand in Hand,
komm mein Sohn, komm Tochter, komm mein Freund,
komm Nachbar, Richtung gelobtes Land kommt,
wir gehen Hand in Hand

singt Benjie, und Kriedel sagt: Solange er damit niemanden und auch sich selbst nicht gefährdet.

Ona sieht, dass Pe nickt. Sie denkt an Mama, die gerne Wein getrunken hat, aber nie betrunken war.

Aber bei Benjie kommt das sogar in den Songs vor, dass er immer kifft, sagt Ona.

Mhhm, sagt Kriedel nachdenklich.

Das war ganz am Anfang, sagt Pe. Außerdem geht's darum nicht.

Sondern?, fragt Ona.

Dass man auf sich aufpasst. Sagt Pe.

Ob man sein Leben in der Hand behält, sagt Kriedel. Und er dreht sich einen Augenblick zu ihr um. Er lächelt.

Ja, sagt Pe.

Stimmt vielleicht, sagt Ona, aber … und dann sagt sie nichts mehr. Weil, vielleicht ist sie manchmal zu streng.

Eine Weile hören sie nur der Musik zu, dann singt Pe wieder mit, *denn es zieht mich so sehr zu dir hin, zieht mich durch das Land und übers Meer, wo auch immer ich in diesem Moment bin,* und nach zwei Stunden Benjie, in denen Kriedel entweder nichts spricht oder nur antwortet, wenn Pe etwas fragt, oder Pes Smartphone nimmt, um einen Song zu wiederholen, sagt Kriedel: Du machst das gut, mit der Schaltung. Überhaupt fährst du gut.

Danke, sagt Pe. Es ist das erste Mal, dass ich fahre seit dem Führerschein.

Aha, sagt Kriedel, und Ona sieht, wie er Pe erstaunt anschaut.

Ich hab ihn erst seit einem halben Jahr. Sagt Pe. Weil …, sagt Pe und verstummt.

Kriedel nickt.

Einen Moment schweigen sie alle drei.

Ich bin froh, sagt Pe. Danke!

Ich auch. Sehr. Sagt Kriedel

So viele Waffen, so wenig Menschen, lasst doch die Waffen mal alleine kämpfen, singt Benjie nun wenigstens zum dritten Mal. Der Regen hat schon längst aufgehört, und Ona denkt, dass sie hier schon einmal war, als sie über die Brücke in ein Städtchen hineinfahren, aus dem sie auch sofort wieder hinausfahren, so klein ist es.

Ich bin nicht sicher, ob das schlau ist, was ich gerade tue, aber es ist das erste Mal, dass ich nicht einfach aufgebe, sagt Kriedel plötzlich, und er dreht sich für einen Augenblick zu Ona um.

Ona weiß nicht, was sie sagen soll, aber die Haut auf ihren Armen kribbelt.

N-i-c-e, sagt Pe, und Ona sieht, dass Pe Kriedel so am Oberarm fasst, wie es sonst Kriedel bei ihm macht.

Nice, das war Pes neues Wort.

Ja, sagt Ona.

Ich hätte mich trauen sollen. Hat Kriedel plötzlich gesagt, als sie ihn ein paar Tage nach dem Streit im Laden besucht haben. Kriedel hat im grünen Zimmer gesessen, Musik war gelaufen, niemand war da. Kriedel tat nichts, saß ohne ein Buch in der Sofaecke im grünen Zimmer und sagte: Ich habe nachgedacht.

Worüber?, hat Pe gefragt.

Dass ihr mutiger seid als ich. Mit der Hand hat Kriedel eine Bewegung gemacht, als ob er den ganzen Raum meinte, der ein bisschen schillerte, weil die Sonne durch das kleine Eckfenster schien. Ich hätte mir ein Brett leihen sollen. Sagt er. Aber das ist noch nicht alles. Ich hab einen Fehler gemacht, sagte er. Einen großen. Dann sagte er nichts mehr.

Geht immer noch, hat Pe gesagt.

Und Ona hätte gerne gefragt, was er meint, aber dann ist es zu spät, weil Kriedel antwortet: Aber nicht mit Matilda.

Und da hätte Ona gerne gesagt: Als ob es darauf ankommt! Aber im nächsten Augenblick wusste sie, dass es genau darauf ankam. Weil, je mehr man sich mit jemandem etwas traute, desto näher war man sich, und je weniger man sich traute, desto weiter weg rückte man. Oder der andere.

Ona war mutig, hat Pe gesagt. Ich bin doch abgehauen.

Ich auch, hat Kriedel gesagt, vor allem. Ich war zu wenig mutig in meinem Leben. Glaube ich. Und er hat Ona lange angeschaut, die sich gar nicht für mutig hielt, nur für eine, die den Dingen ins Auge schaute.

Das denke ich, seit du dich getraut hast, zu uns zu kommen, in der Nacht. Hat Kriedel zu Ona gesagt. Deshalb will ich zu ihr.

Und Pe dachte, dass seine Eltern so etwas nie sagen würden. Nur Potasche hat so was mal gesagt. Ich lerne von meinen Patienten viel, hat Potasche gesagt. Und Pe hat überlegt, was so ein Therapeut von ihm, Peer Mensing, traumatisierter, hypersensibler Hypochonder, denn lernen könnte. Und als er es fragte, sagte Potasche: besser sehen, besser hören, besser riechen, besser spüren, genauer nachdenken.

Und also fragte Pe Kriedel: Was meinst du mit ›deshalb‹?

Und ohne auch nur eine Sekunde nachzudenken, antwortete Kriedel: Deshalb will ich mit Matilda sprechen, von Angesicht zu Angesicht.

Und obwohl Pe gerne gesagt hätte: Aber wie soll das gehen, wenn du nicht einmal weißt, wo sie ist?, hat er einfach nichts gesagt.

Und dann haben sie geschwiegen, bis die Ladentüre aufging und jemand den Kopf ins grüne Zimmer steckte.

Später sagte Kriedel: Ich muss zu Matilda!

So hat das mit der Reise begonnen.

Weil Kriedel seit der spanischen Grenze am Steuer sitzt, weil Kriedel bisher am allermeisten und am allerlängsten am Steuer saß, will Pe nicht vor ihm aussteigen, und wenn Pe nicht aussteigt, kann auch Ona nicht aussteigen.

Ein Käfer, hat Kriedel gesagt, ist das angenehmste kleine Auto, das man besitzen kann: Es läuft gemütlich, geht wendig, und es ist sehr schön rund. Wie ein kleiner Roman. Hat Kriedel gesagt. Ona hat lachen müssen.

Baujahr neunzehnhundertsechsundneunzig, sechsundvierzig PS, hat Pe gesagt, und er hat an Dani denken müssen und wie sie, die Füße gegeneinandergestemmt, auf einem ihrer Betten lagen und wann immer es ging Autoquartett gespielt haben. Draußen war Winter, und der Schnee hat nicht geklebt. Da waren sie acht oder neun Jahre alt, und trotzdem kannte Pe noch immer jede Menge Zahlen.

Poser, hat Ona gesagt, und Kriedel: Er ist ein Jahr jünger.

Älter als wir! Sagte Ona.

Vier Jahre, sagte Pe.

Auf dem Parkplatz über den Klippen stehen acht oder neun Campingbusse, selbst ausgebaute, selbst angestrichene und ein paar dicke andere, wie aus dem Katalog. Aber nirgendwo in einer Entfernung von einem Kilometer ist ein Haus zu sehen.

Langres, hat Kriedel gesagt, das habe ich mir gemerkt. Dann sagte er nichts mehr. Kriedel hat auf dem Weg hierhin oft nur einen Satz gesagt und dann nichts mehr.

Hier soll das sein? Fragt Pe und schaut Kriedel an, der jetzt, am frühen Morgen, mehr Falten im Gesicht hat als am Abend, aber trotzdem gut aussieht in seinem dunkelblauen Converse-T-Shirt, ziemlich sogar, weil eigentlich findet Pe, dass es wenige Männer gibt, die so alt sind wie Kriedel und T-Shirts mit Labeldruck tragen können. Kriedel schaut darin genau richtig aus.

Ich vermute, dass es hier in der Gegend ist. Sagt Kriedel, und seine Hand macht eine weite Bewegung übers Land. Er streckt seine dünnen Arme übers Lenkrad, spannt die Hände auf wie einen Schirm, legt sie dann in den Schoß, wo er sie kurz verharren lässt, öffnet schließlich die Autotür, aber nicht seinen Sicherheitsgurt.

Ich steige aus, sagt Pe, und als er die Tür öffnet, ist es, als ob der Wind und das Meer gleichzeitig durch das Auto rauschen.

Ona klappt den Sitz nach vorne: Steigst du nicht aus? Fragt sie Kriedel, der in sich gekehrt hinter dem Steuer sitzt.

Ich bleib kurz, sagt Kriedel, und dabei schaut er nicht Ona an, sondern weiter über die Wiese, die Klippe, hinaus aufs Meer, das aus der Ferne sehr ruhig ausschaut und wie gemalt. Er gähnt, hält die Hand erst vor den Mund, als er schon fertig ist mit dem Gähnen, lächelt Ona einen Moment an, und dann schaut er wieder aus dem Fenster.

Alles gut? Fragt sie, so wie Mama früher manchmal alles gut gefragt hat und Papa sie deswegen küsste und sagte: Wer weiß das? Und obwohl Ona weiß, dass nicht alles gut ist bei Kriedel, weil niemals alles gut sein kann, wenn man plötzlich merkt, dass einem etwas fehlt, wenn man plötzlich merkt, dass man vielleicht sogar selbst etwas tun könnte, dass einem etwas nicht mehr fehlt, denkt sie jetzt, dass er doch sehen muss, wie schön das alles ist, hier.

Schau mal, sagt Ona, dann bricht sie ab und steigt aus dem Auto.

Bis gleich, sagt sie, und es dauert wenigstens zehn Sekunden, bis Kriedel sagt: Ja, bis gleich.

Kriedel kann stundenlang schweigen, kann stundenlang vollkommen in sich selbst versunken auf die Straße schauen, den Fuß auf dem Gaspedal, den Blick auf die Frontscheibe gerichtet, dazwischen auf den Rückspiegel, nach vorne und zurück schauen, immer wieder, immer weiter, und obwohl sich Ona und Pe unterhalten, spricht er nicht, mischt sich nicht ein, ist er einfach nicht da. Auf den ersten fünfhundert Kilometern haben sie ihn angesprochen, immer mal etwas gefragt, ihn einbezogen in ihr Gespräch, aber Kriedel antwortete kaum oder gar nicht. Er machte nur ein freundliches Gesicht. Vom Rücksitz aus betrachtet, war das ein ›Alles-ist-gut-Gesicht‹, ein

›Ich-konzentriere-mich-Gesicht‹, als ob jemand liest. In einem Gasthaus im Massiv Central aßen sie etwas zu Abend.

Oh, Zwiebelsuppe, sagte Ona.

Nee, sagte Pe. Das nimmst du nicht.

Warum?

Wegen. Sagte Pe.

Hä?

Pups. Sagte Pe.

Kriedel schwieg und starrte in die Karte.

Ich esse dieses Ragout. Ist doch Ragout? Fragte Pe.

Kriedel schwieg.

Ich dachte, du kannst gut Französisch. Sagte Ona.

Ich nehme das Kaninchenragout, sagte Pe.

Was soll ich dann nehmen, wenn ich keine Zwiebelsuppe essen darf?

Was nimmst du?, fragte Pe Kriedel.

Aber Kriedel antwortete nicht.

Dann nehme ich den Linsensalat, aber ohne dieses Boudin noir. Sagte Ona.

Blutwurst. Sagte Kriedel.

Aha. Sagte Ona. Ohne die.

Und du? Fragte Pe.

Aber Kriedel gab keine Antwort.

Als die Kellnerin kam, sagte Kriedel: Danke. Ich habe keinen Hunger. Er gab der Kellnerin die Speisekarte zurück und lächelte freundlich.

Pe guckte Ona an, die nur ganz vorsichtig die linke Schulter hob.

Ist dir nicht gut? Fragte Pe Kriedel.

Doch, sagte Kriedel, alles in Ordnung.

Was nicht stimmte. Kriedel dachte an Matilda. Da waren sie sicher. Wenn Kriedel nicht selbst fuhr, saß er auf dem Beifahrersitz, weil anders ging es nicht mit seinen langen Beinen, und manchmal sagte er etwas, was er sich auch hätte sparen können: Schöne Kühe. Immer diese Michelin-Männchen. Eigentlich mag ich Frankreich. Nur ab und zu sagte er: Ich drücke auf Repeat. Und dann spielte er einen Song nochmals.

Fünf Mal sagte er etwas über Matilda. Matilda, wie sie kochte (anders als Kriedel). Matilda, wie sie aß (langsamer als Kriedel). Matilda, wie sie trank (das hörte man). Matilda, wie sie schlief (mumienhaft auf dem Rücken). Und dann Matilda, wie sie zum ersten Mal in den Laden gekommen ist, eine Eruption war das. Ätna und Vesuv auf einmal. Una bella, una bellezza. Sagte Kriedel, und sie waren sicher, er übertreibt. Sobald er sich Matilda lebendig genug gesprochen hatte, wurde auch Kriedel wieder lebendig, als ob sie das Herz war, das in ihm schlug. Wenig später schwieg er wieder, als quälte sich etwas durch seinen Kopf.

Ona und Pe stehen neben dem Käfer, der zwischen all den Campingbussen aussieht wie ein Matchboxauto in einer Lastwagenstation von Playmobil. Kein Mensch ist zu sehen. Ona saugt Luft ein, so sehr, dass sie von der Nase bis in die Fußspitzen durch den ganzen Körper wandert. Yeah!, ruft sie und macht diese Handbewegung, die sie bei Fußballspielern abgeguckt hat.

Was?, fragt Pe. Und er muss lachen, weil das lustig aussieht, was Ona tut, die noch nicht einmal ihren Pulli richtig angezogen hat.

Ich atme, sagt Ona. Und ich gewinne. Und sie sieht, wie auch Pe einen tiefen Zug Luft nimmt, die so gut riecht, wie Luft riechen muss zwischen Meer und grünen Hügeln, nach Salz wahrscheinlich und Kräutern, oder was das hier über den Klippen alles ist.

Pe schaut Ona an. Komm, sagt er, und dann rennt er zum Holzgeländer über dem Klippenrand. ›N-i-c-e!‹, ruft er so laut, wie Ona ihn noch nie etwas laut hat rufen hören. Er reckt die Hände in die

Luft, er lacht, dreht sich zu Ona um, und sie sieht, wie der Wind ihm das Haar aus der Stirn bläst, wie die Narbe sich zeigt und Pe nichts tut, um sie zu verbergen. N-i-c-e! Sagt Pe noch einmal und so schön, als mache er der ganzen Welt ein Kompliment.

Lieber Kapitän, schau, sagt er und zeigt nach unten, wo die Wellen in langen, gleichmäßigen Linien in die Bucht hineinlaufen und nur zwei einzelne Surfer rechts durch die Brandung hinauspaddeln. Dann sagt er nichts mehr. Ona schaut auf die Surfer, die immer wieder unter Wellen hindurchtauchen und sich schließlich draußen, wo keine Welle bricht, auf ihre Bretter setzen.

Die Klippen sind wenigstens fünfzig Meter hoch und fallen steil zum Meer ab, aber die Brandung ist dennoch gut zu hören. Pe ist ganz still, aber Ona spürt, wie aufmerksam er auf die Wellen schaut, die in der Nähe, und wie sie draußen vom Meer kommen, dabei hat er den Arm auf ihrer Schulter liegen, ganz leicht und so, dass sich Ona jederzeit wegbewegen kann, aber sie will es gar nicht.

Ein Windbeutel, sagt Ona.

Was? Fragt Pe.

Da hinten, am Himmel. Ona zeigt mit der Hand in die Ferne.

Was ist ein Windbeutel? Fragt Pe.

Kennst du nicht?

Nee. Sagt Pe.

Aufblasgebäck. Sagt Ona.

Aufblasgebäck?

Sieht so aus wie. Sagt Ona.

Kenn ich nicht. Sagt Pe.

Dann kennst du es jetzt. Weil es so aussieht wie diese Wolke. Sagt Ona.

So rund? Rund ist das nicht. Sagt Pe.

Na ja, so mit abstehenden Ohren oder Locken. Sagt Ona.

Aha. Pe lacht.

Es bringt Glück, in Wolken was zu sehen. Sagt Ona.

Jetzt sieht es aus wie Kriedels Auto. Sagt Pe.

Ein Käfer. Warum heißt der eigentlich so?

Weil er so aussieht. Sagt Pe.

Meistens macht man in Windbeutel Sahne rein. Oder Creme. Sagt Ona.

Oh nein, red nicht von Essen. Sagt Pe.

Ich glaube, Kriedel schläft. Sagt Ona.

Ich glaube, Kriedel hat von Kilometer zu Kilometer mehr Angst bekommen. Sagt Pe.

Kann sein. Hätte ich aber auch. Sagt Ona.

Ich weiß nicht, ob ich mich das getraut hätte. Sagt Pe.

Was?

Dir hinterherzufahren.

Spinnst du? Fragt Ona.

Nein, wirklich, Pe schüttelt den Kopf, er hält sich die Haare so aus dem Gesicht, dass Ona die Sichel sehen kann. Der Wind ist stark, oben auf der Klippe.

Wenn du mir nicht hinterherfährst, bin ich für immer beleidigt. Außer ich will es nicht. Sagt Ona.

Aha, aber wann weiß ich, ob du es willst? Fragt Pe.

Wenn ich nicht sage, dass ich es nicht will. – Ona denkt kurz nach. Hat Matilda es ihm verboten? Fragt sie.

Kriedel sagt, nein. Nur, dass sie sich nicht mehr gemeldet hat. Einfach nicht mehr. Sagt Pe.

Verstehe ich nicht. Sagt Ona.

Der Windbeutel, aus dem ein Käfer wurde, ist jetzt ein fliegender Vogel mit einem schönen runden Kopf geworden.

Ein Vogel. Sagt Ona.

Wo? Fragt Pe.

Der Käfer! Sagt Ona.

Einer von diesen Blaufüßen, du weißt schon, fällt mir nicht mehr ein. Sagt Pe.

Ich hab keine Ahnung, wie die fliegen. Sagt Ona.

Dann sieht man ihre Füße nicht mehr. Sagt Pe.

Außer der Himmel ist sehr grau. Sagt Ona.

Dort, wo die wohnen, ist der Himmel doch immer blau. Sagt Pe.

Der Himmel ist nirgends immer blau. Sagt Ona.

Oke. Sagt Pe.

Dein E, sagt Ona, wie Schnee.

Was?, fragt Pe.

Wie du oke sagst.

Pe lacht.

Eine Weile sagen beide nichts mehr. Der Blaufußtölpel, der ein Käfer war, löst sich auf in lauter kleine Fetzen. Als sie verschwunden sind, knurrt der Magen von Pe sehr laut.

Oh Mann, sagt Ona.

Lieber Kapitän, sagt Pe und lacht.

In meinem Rucksack ist noch ein Stück Brot, sagt Ona.

Kriedel sitzt noch immer im Auto, und jetzt schläft er, und die Türen stehen offen, und ein bisschen sieht das Auto wirklich aus wie ein Insekt kurz vor dem Abflug. In der Ferne kreist ein kleiner Schwarm Möwen, ruft schrill und senkt sich hinab in die Bucht.

Pe nimmt Onas Rucksack vorsichtig vom Rücksitz.

Kriedel ist seltsam, oder? Fragt Ona, als Pe zu ihr zurückkommt. Anders als zu Hause.

Aber er nervt nicht, sagt Pe und reißt mit den Zähnen ein Stück vom Brot ab, das etwas zäh geworden ist.

Willst du auch?, fragt er und hält Ona das halbe Baguette hin.

Ona schüttelt den Kopf.

Mein Vater käme nie auf so eine Idee, sagt Pe.

Was für eine? Fragt Ona.

Einer Frau hinterherzufahren.

Meiner schon, sagt Ona. Meiner wäre meiner Mutter überallhin gefolgt.

Bei meinem Vater müsste sich die Frau ins Auto setzen und zu ihm kommen, sagt Pe, dabei ist er genauso alt wie Kriedel.

Meiner ist älter. Sagt Ona. Aber trotzdem cool.

Pe würde Onas Vater gerne mal kennenlernen, aber weil er Angst hat, dass Ona sagt, dann wolle sie seine Eltern auch kennenlernen, traut er sich nicht zu fragen. Kurz hält er inne. Dann sagt er nichts.

Und weil Ona auch nichts sagt, sagt er: Kriedel traut sich etwas. Also, ich kann ihn verstehen. Weil, wie würdest du dich fühlen, wenn du alles drangibst, eine Frau nochmals zu treffen, die dich vor einem halben Jahr verlassen hat? Aber du sie noch immer nicht.

›Aber du sie noch immer nicht‹ ist so ein Pe-Satz, wie Ona sie mag. Weil, wenn man verlassen war, war man verlassen. Was stimmte und doch nicht. Ona schaut Pe an, sein kantiges, aber weiches Morgengesicht sieht fröhlich aus, obwohl er nicht viel geschlafen hat, weniger als sie. Da spürt sie, wie schlimm es wäre, wenn Pe nicht mehr mit ihr zusammen sein wollte. Sie schmiegt sich an ihn. Pe nimmt den Arm von Onas Schultern und dafür ihre Hand, die ein bisschen kühl ist, obwohl die Luft wenigstens zwanzig Grad hat, er drückt sie, schaut sie für einen Augenblick an mit diesen Augen, und dann schaut er wieder aufs Meer, als ob es nichts Schöneres auf der Welt gibt als dieses Wasser, das immerzu in eine Bucht hineinläuft und Wellen macht. Mal größere und mal kleinere, aber niemals keine. Und obwohl Ona auch aufs Meer schaut, sieht sie nun wieder die Fotografie der Frau in Kriedels grünem Zimmer vor sich, der Frau, die Matilda ist, mit den dunklen Haaren und Augen, ihr schönes Gesicht und das Lächeln. Die Frau, von der sie denkt, dass sie zu Kriedel passt. Nur irgendetwas hat Kriedel vielleicht vermurkst. Weil, wenn sie bis gestern geglaubt hat, Kriedel ist der unkomplizierteste Mensch auf diesem komischen Planeten, weiß sie jetzt, dass das nicht stimmt. Kriedel ist wenigstens so launisch wie das Herz eines Schlaganfallpatienten oder die Lunge eines Asthmatikers. Keine Ahnung. Wenn Kriedel alleine sein möchte und das nicht geht, ist Kriedel alleine, obwohl das nicht geht, und alle anderen sind es auch.

Wer für mehr als eintausendfünfhundert Kilometer und für einen Tag, eine Nacht und einen Sonnenaufgang zu dritt in einem nicht besonders schnell fahrenden VW Käfer sitzt, weiß genau, wer was wann tut, wer wie oft pinkeln muss und wer am meisten Hunger hat. Das Auto ist so etwas wie das kleinstmögliche Zimmer für drei Personen. Nur dass man aus dem Auto nicht jederzeit aussteigen und ›Tschüss‹ sagen kann. Obwohl Kriedels Käfer ziemliche Geräusche macht, die ihn von jedem anderen Auto unterscheiden, hören im Auto immer alle alles. Und auch wenn die Stille manchmal schön ist, weil sie nur still ist, ist die Stille manchmal auch schlimm, weil die Stille schweigt.

Dass Ona im Schlaf spricht, weiß nun nicht nur Pe, sondern Kriedel weiß das auch. Logisch, sagt Ona im Schlaf und: Vorsicht, ein Pferd! Dabei war auf der französischen Autobahn weit und breit kein Pferd zu sehen.

Zuerst hat Pe gedacht, er kann das Ona nicht sagen. Weil, warum soll sie jetzt anders reagieren, wenn er von Dani spricht, als davor. Aber dann fiel es ihm immer häufiger ein, am Abend im Bett, am Morgen beim Aufwachen, manchmal auch, wenn es besonders schön war mit Ona, und immer dann, wenn sie miteinander schliefen. Genauer, wenn sie miteinander geschlafen haben und so aneinandergeschmiegt lagen, manchmal Ona in seinem Arm und manchmal er in Onas Arm, was er sehr gerne mochte, weil sie dann ihren Arm über seinen Kopf legte, als müsse sie ihn beschützen, als wäre der Arm der Helm gegen alle schlechten Gedanken auf der Welt, und tatsächlich kam ihm auch nichts Schlechtes in den Sinn, nachdem sie miteinander geschlafen haben, nur der eine Gedanke kam immer häufiger. Und schließlich erzählte er es, er erzählte es in der Nacht, bevor sie sich mit Kriedel auf die Reise machten.

Onas Hand lag auf der Sichel, und ihre Finger bewegten sich nicht, an seiner Schulter spürte er Onas warme Brust, und als er sich zu Ona hindrehte, lag sie da wie ein hübscher kleiner Berg, die Brustwarze entspannt, ein Hügel ohne Spitze.

Ich wünschte, sagte er, Dani hätte das einmal erlebt.

Was? Fragt Ona. Und Pe hörte keine Anspannung in ihrer Stimme.

Das, was ich mit dir erlebe.

Onas Finger hoben sich eine Millisekunde oder genau so lange, dass er es gerade spüren könnte, auf seiner Haut, dann legten sie sich wieder dorthin, wo sie zuvor auch lagen, und er konnte sie ein wenig mehr spüren und auch, dass Ona nickte. Ihre Achsel hob und senkte sich wieder.

Er hatte nie eine Freundin. Sagte Pe.

Warum nicht? Fragte Ona.

Keine Ahnung. Sagte Pe.

Kann aber sein, du weißt es nicht, sagte Ona.

Das wüsste ich.

Habt ihr euch alles erzählt?

Weiß nicht, sagte Pe. Aber alles, was wichtig war.

Ona sagte nichts, aber sie veränderte auch nicht ihre Lage im Bett, und der Hügel bleibt entspannt.

Er fand rothaarige Mädchen gut. Glaube ich. So zarte Frauen mit heller Haut.

Warum denkst du das?

Da gab es mal eine. Also, die war auch da, an dem Abend.

Vor dem Unfall?

Ja.

Ich war mal kurz wütend auf Mama. Sagte Ona.

Warum? Pe rutschte ein wenig höher, sodass Ona den Arm von seinem Kopf nehmen musste. So konnte er besser ihre Augen sehen, die ihn jetzt anschauten, ohne dass darin etwas lag, was ihn erschreckte. Ona hatte die schönsten braunen Augen, die er kannte.

Weil sie uns alleine gelassen hat. Sagte Ona. Ganz einfach.

Aber dafür kann sie ja nichts.

Wieder zuckte Ona mit den Achseln. Jein.

Warum? Sagte Pe.

Weil, hätte sie es ein wenig genauer genommen mit ihrer Gesundheit, hätte sie vielleicht etwas bemerken können.

Vielleicht, sagte Pe.

Ja, sagte Ona.

Willst du deshalb Arzt werden?

Ärztin, sagte Ona. Weil ich ein Mädchen bin.

Pe musste lachen. Frau Doktor, fragte er, deshalb?

Deshalb. Sagte Ona. Auch. Weil ich mir nichts Besseres vorstellen kann, als Menschen zu helfen.

Dani konnte man nicht mehr helfen. Sagte Pe.

Aber dir, sagte Ona.

Deine Haare kitzeln, sagte Pe, weil das stimmte.

Deine auch. Sagte Ona.

Ich muss pinkeln, sagte Pe.

Ona kicherte. Ich auch. Hab mich nur nicht getraut.

Ona konnte wahnsinnig schnell aus dem Bett springen.

Ona löst sich von Pe und schaut zum Auto, das noch immer so dasteht wie davor und ohne dass Kriedel zu sehen ist. Mit den Oberschenkeln lehnt sie sich einen Augenblick an den Holzzaun, der über der Klippe steht, und weicht sofort wieder einen Schritt zurück.

Uuh, sagt sie, und Pe sieht, wie sie weiß geworden ist im Gesicht. Der Zaun hat geknackst! Sagt Ona. Und sie zieht Pe ein Stück weg von der Klippe.

Pe hat keine Angst vor Höhe. Er hat auch keine Angst davor, irgendwo hinabzufallen. Er hat keine Angst vor Bergen und keine vor Zehnmeterbrettern und keine vor Türmen, von denen aus man auf Städte hinabgucken kann. Pe hat Angst vor Krankheiten und vor Aufzügen, aber er hat schon lange nicht mehr mit einem fahren müssen. Ona hat nur Angst vor Aufzügen, wenn sie aus Glas sind.

Uhh, sagt Ona noch einmal, dann schüttelt sie sich. Wie ein Hund. Und obwohl Pe immer Angst hat, Ona zu verlieren, muss er jetzt lachen. Weil das hat er gleich getestet, als sie kamen, der Zaun über der Klippe steht bombenfest.

Der steht bombenfest, sagt Pe.

Für einen Moment sagen sie beide nichts, nur dass Pe Onas Hand in seine nimmt.

Warum verlässt jemand Kriedel?

Weil er kompliziert ist. Sagt Ona.

Ist er nicht. Sagt Pe.

Aber ein Nerd. Sagt Ona.

Oke. Sagt Pe. Aber ich mag ihn.

Ich auch.

Man muss ihn mögen, sagt Pe.

Ich meine ja nur. Sagt Ona. Einfach ist er nicht.

Aber wir. Sagt Pe.

Ona muss lachen. Weiß nicht. Sagt sie.

Beide gleich einfach, sagt Pe, und auch er lacht.

Ein leichter Wind streift ihnen durch ihre Haare, Möwen kreisen über der Bucht und schreien, sinken immer mehr ab, bis sie am Rand der Brandung landen. Ein weiterer Surfer paddelt auf dem Bauch die Bucht entlang zu den beiden anderen hinüber.

Warum sitzen Surfer immer auf einem Haufen? Fragt Ona.

Weil sie meistens da sind, wo die Wellen am besten sind. Sagt Pe.

Und warum sind sie dahinten besser als hier?, fragt Ona, und sie zeigt hinüber zum rechten Rand der Bucht.

Weil sie dort sehr langsam und sehr gleichmäßig brechen, sodass du sie ziemlich lange surfen kannst, antwortet Pe, und schon in seiner Stimme hört sie, dass er große Lust hätte, da jetzt auch zu sein.

Nur wenn sie ganz genau hinschaut, kann sie sehen, dass das Meer sich tatsächlich am Ende der Bucht anders bewegt. Als ob die Wellen dort ein bisschen mehr ausgebremst werden und deshalb früher höher schlagen, sich aufbäumen und sich nur sehr langsam zu einer Rolle stülpen.

Willst du rein? Fragt Ona und zeigt hinunter in die Bucht.

Später vielleicht. Sagt Pe. Jetzt bin ich hier mit dir! Und nach einer Pause: Außerdem müssen wir uns um Kriedel kümmern.

Wenn Pe plötzlich nicht mehr mit mir zusammen sein wollte. Ona dreht sich einmal im Kreis.

Was? Fragt Pe. Und dann dreht er sich auch im Kreis.

Warum machst du mich nach? Fragt Ona.

Weil man sich beim Drehen konzentrieren muss. Sagt Pe.

Warum willst du dich jetzt konzentrieren?

Damit ich hier bin. Sagt Pe.

Wo sollst du sonst sein? Fragt Ona.

In meinem Kopf. Sagt Pe. Weil gerade hat er noch einmal an diese Nacht von neulich denken müssen, wo alles Schlimme plötzlich wieder da war: Dani, die Autofahrt, die Klinik und der Tod und ob er Ona mögen kann, wenn sie schlecht über seinen Bruder sprach. Jetzt, wo das Meer auf sie zuläuft und so tut, als ginge alles immer einfach so weiter, und so, als ob nirgendwo eine gefährliche Krankheit lauerte, ist alles in Ordnung. Wenigstens in diesem Augenblick, wo er, Peer

Mensing, hier mit Ona Schuler und Otto Kriedel auf einer Klippe an der spanischen Atlantikküste steht, um eine Frau zu finden, die etwas bedeutet, kommt ihm das Leben freundlich vor oder wenigstens nicht sehr schwer. Und das, obwohl er weiß, dass das für Kriedel ganz anders ist.

Wir kehren um, hat Kriedel gesagt. Da waren sie bereits in Südwestfrankreich. Was ist, wenn sie nicht einmal mit mir sprechen will?, hat Kriedel gesagt.

Und Ona und Pe wie aus einem Mund: Auf keinen Fall!

Und weil Pe selbst am Steuer saß, drückte er dabei noch ein bisschen aufs Gas.

Und Ona sagte: Und wenn wir sie nicht finden, dann haben wir auch etwas erlebt. Und weil niemand etwas sagte, fügte sie noch hinzu: Man muss etwas erleben. Das ist das Wichtigste!

Manchmal bist du eine ziemliche Klugscheißerin, sagte Kriedel, aber er sagte es so, dass Ona lachen musste, zuerst nicht, aber als Pe lachte und Kriedel so lachte, dass sie wusste, er meint es nicht böse, lachte sie auch.

Man muss eine Haltung haben und Grundsätze. Sagte Ona.

Und wieder lachte Kriedel.

Und Mut. Sagte Pe.

Mut. Wiederholte Ona.

Und dann war es für einen Augenblick auf gute Weise still im Käfer, nur dieses spezielle Käfer-Knattern war zu hören, aber es klang kein bisschen gefährlich. Und vielleicht breiteten sich da gerade das M und das U und das T so sehr aus, dass kein Platz mehr war für etwas anderes.

Und schließlich, mit großer Zeitverzögerung, sagte Kriedel: Viel Mut!

Und dann hörten sie nur noch dem schnattrigen Knattern des Käfers zu, bis sie auch das nicht mehr hörten.

Wenn er für jemanden etwas empfand, dann war Kriedel so wie er und wie Ona: genauso ängstlich. Dachte Pe.

Sollen wir nach Kriedel schauen?, fragt Ona. Ich schau mal, sagt sie, und Pe schaut ihr hinterher, wie sie mit großen Schritten in ihren Turnschuhen zum Auto geht, wie ihre Locken federn, als seien sie aus Gummi, wie leicht sie ausschaut. Vom Meer kommen die Wellen in gleichmäßigen Bahnen in die Bucht gerollt, er schaut zu, wie sie sich aufbäumen, wie die Lippe bricht, wie einer der beiden Surfer im richtigen Moment anpaddelt, wie er die Welle nimmt, zwei Turns macht und sich ins Wasser sinken lässt, als die gebrochene Welle sein Brett erreicht. Und am liebsten würde er jetzt sofort auch ein Board organisieren, seinen Neo aus dem Auto holen und hinunterrennen zum Meer. Aber er kann niemanden sehen auf den Klippen, den er nach einem Brett fragen konnte. Auf dem Dach eines VW-Busses liegt ein Mann mit Schlafbrille im Schlafsack, hält die Hände auf dem Bauch verschränkt und schläft ruhig, als sei er vollkommen alleine. Am Bus hängt ein grauer Neoprenanzug an einem Bügel und baumelt ein bisschen im Wind.

Als Ona zum Auto kommt, sitzt Kriedel im zurückgelegten Fahrersitz, den Kopf auf die Schulter gekippt. Er hat die Augen geschlossen, und Ona sieht, wie gleichmäßig er atmet, sieht, dass er noch immer schläft, und sie bleibt für einen Augenblick stehen, dann dreht sie sich einmal im Kreis, schaut nochmals auf Kriedel, der ruhig atmet und ein bisschen schnarcht.

Als sie wieder zu Pe zur Klippenkante geht, kommt er ihr bereits entgegen, sein Hoodie in der Hand, aufrecht und irgendwie fröhlich. Und obwohl sie das nicht denken will, jetzt, wo seine Arme sie gerade umfassen wie einen Baum, denkt sie, dass der Tod von Mama auch kam, als eigentlich alles perfekt war. Noch am Abend bevor

Mama starb, hatten sie die Stühle und den Esstisch an die Wand geschoben, und Mama hatte begonnen zu tanzen, und schließlich Papa, der den DJ machte, und am Ende sie alle drei zusammen und alle drei alleine, und der Kater lag auf dem Sofa und interessierte sich nicht. Als Ona schlafen ging, war es bereits nach zehn Uhr, und Mama hat gesagt: Das machen wir jetzt immer.

Und sie schaut an Pe hinauf, der einen Kopf größer ist als sie und sagt: Wir müssen es gut haben, wenn wir es gut haben! Weil, man spürt immer, wenn man es schlecht hat. Dazwischen ist normal. Gerade ist es besser als normal! Und sie entzieht sich Pes Armen, dreht sich noch einmal im Kreis, weil, wenn man sich einmal im Kreis dreht, das Schicksal noch eine Runde drehen muss und sich alles noch einmal anders überlegen kann. Machst du jetzt öfters, sagt Pe und lacht.

Immer, wenn es mir gut geht. Sagt Ona. Weil, wenn es ihr schlecht geht, hat das Schicksal bereits getan, was sie sich nicht gewünscht hat.

Pe beugt sich zu ihr hinab. Küssen mit Pe ist gut, wenn Pe anfängt. Besser, als wenn Ona anfängt, weil, wenn Pe küssen will, küsst er fantastisch.

Und das, obwohl Ona nur einen einzigen Vergleich hat. Und den hat sie eigentlich schon wieder vergessen. Ona hat keine Ahnung, wie lange sie küssen, aber als sie aufhören zu küssen und Ona die Augen öffnet, steht Kriedel zwei Meter entfernt über der Klippe und schaut aufs Meer.

Oh, sagt Ona. Weil ihr das leidtut, dass Kriedel, der niemanden zum Küssen hat, ihnen beim Küssen zuschauen muss. Aber wahrscheinlich hat Kriedel gar nicht zugeschaut: absichtlich.

Pe dreht sich um. Oh. Sagt er, weil ihm nichts Besseres einfällt und weil er eben manchmal automatisch das sagt, was Ona sagt, ohne dass er es will.

Kriedel kneift ein wenig die Lider zusammen, seine Augen wirken dunkler als gewöhnlich, dann lächelt er: Guten Morgen, sagt er leise. Seine Silhouette steht lang und schmal vor dem weiten Himmel. Er schaut kein bisschen fröhlich aus. Aber Ona traut sich nicht, das zu sagen.

Guten Morgen, sagt sie.

Wir sind am Meer, sagt Pe und lacht. Lacht nicht so, als ob er Kriedel aufmuntern wolle, sondern aus Freude. Und er läuft zu Kriedel, dreht ihn am Arm nach rechts, sodass er auch aufs Meer schauen kann: Siehst du die? Siehst du, wie gleichmäßig die Wellen hier in die Bucht hereinkommen? Lieber Kapitän! Sagt er.

Nice! Sagt Ona. Und lacht.

Das gefällt mir gut! Sagt Kriedel und schiebt die Hände in die Taschen seiner Cordhose, die dort schon ein wenig ausgebeult ist.

Einmal musst du mit rein, wenigstens probieren. Oke? Fragt Pe.

Kriedel wiegt so mit dem Kopf. Mal sehen, sagt er. Weiß nicht, ob das eine gute Idee ist.

Klaro, sagt Pe fröhlich.

Es gibt diesen Schauspieler, den ihre Mutter verehrt hat, er hat manchmal im Tatort mitgespielt, und Ona sieht ihn in Kriedel, wenn er die Brille nicht aufhat. Aber der Name fällt ihr nicht ein. Und dann doch.

Wir surfen! Yeah, sagt Pe zu Kriedel. Das verspreche ich dir.

Selge, sagt Ona. Kriedel, jetzt schaust du ein bisschen so aus wie der.

Kriedel geht einen Schritt auf Ona zu, und dann wuschelt er ihr durch die Locken.

Kennen Sie eine Frau namens Matilda?, fragt Kriedel den Kellner, als sie ihr Frühstück bezahlen, und dabei zeichnet er mit beiden Händen die Figur einer Frau so nach, dass es wirklich jeder kapieren muss.

Matilda, sagt der Kellner, und es klingt sehr spanisch und ein bisschen nach Fandango oder Flamenco, ein bisschen erotisch auf jeden Fall und also eigentlich richtig, denkt Ona.

Sie ist Deutsche, sagt Kriedel, der tatsächlich so viel Spanisch kann, dass das gut klingt.

Pe tupft mit dem feuchten Finger Reste süßen Gebäcks von seinem Teller, immer wieder, dann nimmt er den von Kriedel und macht es nochmals.

Der Kellner antwortet etwas, aber Ona und Pe verstehen es nicht.

Kriedel zeigt ihre Größe an, und wieder malt er mit den Händen eine Frau. Klein, sagt er, bajo.

Ona findet Kriedel etwas peinlich. Der spanische Kellner wackelt mit dem Kopf. Kriedel schaut ratlos zu Pe. Pe zuckt mit den Schultern.

Hast du kein Foto?, fragt Ona.

Kriedel hat kein Smartphone, sondern so ein normales kleines Handy, wie es niemand mehr benutzt. Aber Kriedel trägt sein dunkelblaues Nadelstreifenjackett über dem T-Shirt und zieht ein kleines Heft aus der Innentasche. Er öffnet es, und aus der Lasche holt er eine Fotografie heraus. Sie ist an den Ecken zerknittert. Die Frau, die Ona schon von dem Foto in Kriedels Laden kennt, sitzt in einem hellen Kleid an einen Baum gelehnt, ihre Sonnenbrille steckt im dunklen Haar. Sie schaut fröhlich aus.

¡Vaya! Sagt der Kellner, als Kriedel ihm das Foto gibt. Und dann sagt er noch irgendetwas, und er reicht Kriedel die Fotografie, hebt die Hände und schaut Ona und Pe so mitleidsvoll an, als hätten sie mit Kriedel ein ziemliches Problem.

Nie gesehen, sagt Kriedel, so als ob er es nicht glauben könnte.

Er gibt dem Kellner einen Zwanzigeuroschein, steht auf und geht zum Auto.

Der Kellner schüttelt den Kopf, während er den Schein in das Portemonnaie steckt, dann wiegt er es hin und her und sucht ein paar Münzen heraus. Schließlich lächelt er Ona wieder so an, dass sie denkt, er hat Mitleid. Aber sie will kein Mitleid.

Amore! Sagt Ona möglichst nachdrücklich.

Jetzt schaut auch der Kellner ernst. Er nickt und gibt Ona das Restgeld in die Hand.

Aber Ona gibt es ihm zurück, ciao, sagt sie.

Bonne chance, sagt er. Als ob Ona gerade französisch mit ihm gesprochen hat.

Mal ganz pragmatisch, sagt Pe, als Ona sich zu ihm umdreht, wo schlafen wir heute Nacht eigentlich?

Ona sieht, wie Kriedel auf dem Käfer die Landkarte ausbreitet, als könne er darauf Matilda finden oder ihr Haus.

Egal, was heute noch passiert, sagt Pe zu Kriedel, als sie zum Auto kommen, wir brauchen in der kommenden Nacht ein Bett.

Aber, sagt Kriedel und dreht sich zu ihnen um.

Bist du nicht müde? Fragt Pe.

Kriedel zuckt mit den Schultern.

Wir haben mehr als vierundzwanzig Stunden nicht richtig geschlafen. Sagt Pe.

Kriedel nickt, und Ona sieht, dass er sich etwas verkneift zu sagen. Er schluckt.

Egal, was passiert, sagt Ona.

Ja. Sagt Kriedel.

Ich fahre, sagt Pe. Er hat den Käfer lieb gewonnen, weil er ihm vorkommt wie ein Fahrrad mit Dreigangschaltung und so, als ob er seine Rettung geworden ist. Der Käfer ist ein Auto, das nichts mit Dani zu tun hat.

Draußen huscht die Landschaft vorbei, abgeerntete dürre Felder, verblühte Hortensien vor Steinhäusern, obwohl erst September ist. Ab und zu Hunde, die nicht sofort aus dem Weg gehen, wenn ein Auto kommt, ein paar Hügel und in der Ferne am Hang Dörfer, in denen man gerne herumlaufen möchte.

Kriedel kurbelt die Fensterscheibe runter, lehnt die Elle aus dem Fenster, sucht auf dem Handy nach Musik, und als sie kommt, singt er leise mit.

Ona und Pe kennen den Song nun auch schon fast auswendig.

There is no combination of words I could put on the back of a postcard

No song that I could sing, but I can try for your heart

Our dreams, and they are made out of real things

Jack Johnson lief, als Matilda im Laden war. Als Matilda zum ersten Mal im Laden war. Als sie ein Sachbuch kaufte, über Menschen und ihre Häuser, obwohl Kriedel dachte, das ist eine Romanfrau. Und Matilda interessierte sich nicht für die Musik. Aber Kriedel für die Frau. Und für Jack Johnson.

Hast du dich gleich beim ersten Mal verliebt? Hat Pe Kriedel während der Fahrt gefragt.

Ich habe mich da gar nicht verliebt. Hat Kriedel gesagt, und die Musik lief weiter.

It's not always easy and

Sometimes life can be deceiving

I'll tell you one thing, it's always better when we're together

It's always better when we're together

Yeah, we'll look at the stars when we're together

Well, it's always better when we're together

Yeah, it's always better when we're together

Kriedel dachte wahrscheinlich an Matilda, und Pe dachte daran, wie er Ona vor der Uni getroffen hat, ganz am Anfang, und wie das war.

Sie hat einen krummen Zahn, sagt Kriedel jetzt.

Daran erkennen wir sie? Sagt Ona, und sie muss lachen.

Ich meine ja nur, sagt Kriedel. Der ist schön. Dann schweigt er wieder.

Kriedel erzählt Matilda wie einen Kuchen, stückchenweise. Und um alles, was dazugehörte, mussten sie bitten wie um Sahne. Jedenfalls denkt Ona das.

Als das Lied zu Ende ist, fahren sie durch eine hässliche Siedlung aus neuen Häusern, sie ist nur einen halben Jack-Johnson-Song lang, danach wird die Landschaft wieder weit.

Pe fährt schweigend, im Auto wird es warm, obwohl es erst zehn Uhr ist.

Sollen wir das Dach öffnen?, fragt Ona. Aber sie bekommt keine Antwort.

Kriedel sagt schon wieder eine Weile nichts mehr, und zum ersten Mal denkt Ona jetzt, dass es sein könnte, dass sie diese Matilda nicht einmal finden. Dass sie keinen Moment darüber nachgedacht haben, dass das sein könnte. Sie jedenfalls nicht.

Am liebsten würde sie nun fragen: was ist dann, wenn? Aber so, wie Kriedel gestimmt ist, geht das gar nicht. Und also sagt sie: Wir können ja einfach immer nur an Orte gehen, wo viele Leute sind. Strand, Supermarkt, Markt, Café.

Jetzt lacht Kriedel spöttisch: Hast du schon einen Menschen gesehen – außer dem Kellner im Café? Fragt er.

Ja, sagt Pe. Den Mann auf dem Dach des Vans. Und die Surfer. Und dann fragt er: Können wir nicht einfach fröhlich sein? Ich meine, wie in Ferien?

Ona sieht, wie Kriedel kurz auf Pe schaut, wie er nickt und dann schweigt. Wie er sich mit der Hand durchs Haar streicht, wie er sich mit der Hand vom Haar aus über die Stirn streicht, an der linken Wange entlang, wie er mit dem Finger die tiefe Furche neben seinem

Mund einmal hinab-, dann wieder hinaufstreicht und dann die Hand in den Schoß legt.

Pe sagt nichts mehr, und obwohl die Zeit nur sehr, sehr langsam vorbeizugehen scheint in diesem Moment, fahren sie wenigstens an drei Häusern vorbei. Außerdem an einer alten Frau mit einem mindestens genauso alten struppigen Hund und einer Herde Schafe ohne einen Hirten.

Durch das Fenster weht warme Luft zu Ona auf den Rücksitz. Wenn man sich in etwas verbeißt, dann wird man auch leichter gebissen. Denkt sie, aber weil das wahrscheinlich wieder so megaklugscheißerisch klingt, schiebt sie den Gedanken weg. Aber der Satz ist von Mama. Und logisch. Jedenfalls vom Hund aus betrachtet und vom Kater.

Und eben genau da sagt Kriedel so munter, als sei ihm der Einfall seines Lebens gekommen: Wir könnten uns vorlesen!

Was? Fragt Pe.

Was wir unterwegs sehen, sagt Kriedel.

Galizano Surf Lodge. Liest Ona.

Oh, sagt Pe und bremst.

Kriedel schläft tief. Er schläft so tief, dass Ona zu Pe hinüberklettern kann und Kriedel weiterschnarcht, als tue sich nichts im Raum. Im Traum ist Mama wieder gestorben. Von einem Augenblick zum anderen ist sie in zwei Teile zerfallen, ein rotes und ein grünes. Ihr Haar war wie immer, ihr Gesicht war wie immer. Die Bauklötze lagen da wie ein Mensch und waren doch Bauklötze, und Ona weiß nicht, ob sie laut geschrien hat im Traum, aber wegen des Schreis war sie aufgewacht. Für einen Moment hat sie still gelegen, hat Kriedels leisem Schnarchen gelauscht und dann Pes Atem hinter ihr im anderen Stockbett. Es kann nicht noch einmal passieren. Sie weiß das. Sie weiß das so gut, und doch passiert es immer wieder.

Pe wacht auch nicht auf, als Ona zu ihm unter die Bettdecke kriecht. Erst als sie sich an ihn schmiegt, rutscht er etwas hinüber zur Wand und dreht den Kopf von ihr weg. Pe schläft auf dem Bauch, die Hände wie zu einem Dreieck über dem Kopf aufgespannt, sodass sich seine Fingerspitzen berühren. Ona schläft auf dem Rücken ein, und im Schlaf macht sie alles Mögliche. Zu zweit füllen sie das schmale Bett vollkommen aus, aber Ona ist froh, Pes warmen Körper zu spüren, seinen Atem zu hören und dass sie weiß, würde ihm im Schlaf etwas geschehen, wäre sie dabei. So viel geschieht im Schlaf oder im Traum. Manche Leute sterben im Schlaf, und andere Leute lassen Leute im Traum sterben. So wie sie. Ona würde sich gerne schütteln, aber sie hat etwas anderes gelernt, was gut hilft. Sie atmet ein, und dabei denkt sie einfach: lass, und sie atmet aus, und dabei denkt sie einfach: los. Lass los. Immer wieder und immer weiter. Und ohne dass sie den Moment spürt, in dem es geschieht, schläft sie wieder ein.

Als Pe aufwacht, liegt Ona an ihn geschmiegt auf der Seite. Und obwohl Pe das Gefühl hat, sich kaum zu bewegen, öffnet sie die Augen, als er sie anschaut.

Hallo, sagt Pe, ohne sich zu wundern, dass Ona plötzlich neben ihm liegt. Er hört, wie unten die Bettdecke raschelt, wie sich Kriedel vielleicht von einer Seite auf die andere dreht, das kann er nur ahnen. Der Vorschlag, dass Ona und Pe in den beiden Stockbetten oben schlafen sollen, war von Kriedel gekommen. Ist doch gut, hat Kriedel gesagt, dann habe ich den unteren Raum und ihr den Luftraum.

Als sie eingeschlafen sind, hat Ona noch im anderen Bett gelegen, Kopf an Kopf mit ihm. Onas Augen sind wieder zugefallen, deshalb versucht Pe, ganz ruhig zu atmen. Auch Kriedel bewegt sich nicht mehr. Nichts ist zu hören aus den Zimmern nebenan, die wie eine Perlenkette aufgereiht in dem langen Haus liegen. Zehn nebeneinander, und weil alle anderen Zimmer belegt waren, mussten sie in ein Familienzimmer ziehen.

Nicht Papa zu mir sagen, hat Kriedel da gesagt. Bitte! Und zum ersten Mal hat er richtig gelacht, seit sie unterwegs waren. So sehr, dass ihm Tränen in die Augen trieben und er sie immer wieder wegreiben musste, so sehr, dass sie auch lachen mussten.

Und obwohl sie wahrscheinlich gar nicht wusste warum, lachte auch Polina, die Spanisch sprach wie eine Spanierin und Englisch wie eine Engländerin, dabei war Polina Russin und nur wegen Levi hierhergekommen: mitten in diese etwas menschenleere Gegend. Den ganzen Nachmittag haben sie auf der Terrasse von Polinas und Levis Surf Lodge verbracht. Dabei versuchte Kriedel immer wieder, den Stempel der Briefmarke des einzigen Briefes, den Matilda ihm aus Spanien geschickt hat, zu entziffern. Als er schließlich Levi fragte, sagte der, dass das wahrscheinlich Santander ist, aber dass viele Briefe aus der Gegend erst in Santander gestempelt werden. Kriedel hat nichts gesagt und schließlich doch, dabei hat er über die Wiesen und auf Häuser hinter den Wiesen geschaut, die genauso zersiedelt herumstanden wie dieses von der Lodge, in der sie nun wohnten. Ich erzähl es euch morgen, hat Kriedel gesagt, das mit dem Brief, hat er gesagt, weil heute bin ich müde. Dann ist er aufgestanden.

Als sie zwei Stunden später nach ihm schauten, lag er auf dem Bett und las vor: *Alles im Ferienhaus ist anders: Die Türgriffe fühlen sich kalt und salzig an, der Holzboden knarrt. Nachts fremde Geräusche: Das Dachgebälk knackt, die Wellen krachen auf den Strand, der Kühlschrank röhrt, als treibe ihn ein asthmatischer Dieselmotor an.* Dann strahlt er.

Was ist das? Hat Pe gefragt.

Das stammt aus dem Buch, das Matilda gekauft hat, aber ich glaube, so sieht es bei ihr aus.

Dann verschwand Kriedel wieder in seinem Buch und Pe und Ona auf der Terrasse.

Am Abend hatte Kriedel gute Laune, aber nichts mehr erzählt, nichts zum Brief, nichts zu dem Buch, nichts von Matilda.

Auf einem großen Bildschirm streamte Levi die World Surf League und sagte zu Pe: Morgen surfen wir!

Auf den Sofas hingen zwei slowenische Paare, zwei deutsche Männer und drei Mädchen aus Italien herum und tranken irgendein Bier, das sie alle nicht kannten, aus der Flasche. Auf der Terrasse saßen vier Menschen, die nach Geld ausschauten und nicht in der Lodge wohnten. Sie tranken zwei oder drei Weinflaschen leer und wurden dabei immer lauter. Nach zwei Stunden rauschten sie mit einem dicken BMW ab. Kriedel und Pe saßen übers Eck auf dem Sofa, schauten auf den Bildschirm. Manchmal sagte Pe etwas zu Kriedel, weil Kriedel immerzu nichts sagte. Ona saß den ganzen Abend an einem der Tische und lernte. Ona war ein Phänomen. Hatte sie eines ihrer Lehrbücher dabei, konnte sie, egal, wo sie war, darin versinken, eine Stunde, zwei Stunden. Sie saß übers Buch gebeugt, die Hände meist unter die Oberschenkel geklemmt, und schaute ins Buch. Wenn sie umblättern musste, zog sie die linke Hand unterm Schenkel hervor, immer die linke, das hatte Pe beobachtet, blätterte um und legte die Hand zurück, als sei sie das Werkzeug aus einem Kasten.

Du kannst, sagt Levi zu Kriedel, einfach den Klippenweg entlanglaufen, da gibt es immer wieder solche Häuser, in denen manchmal jemand wohnt und manchmal nicht.

Nach welcher Seite? Fragt Kriedel, und dabei isst er die Blaubeeren aus seiner Bowl, als ob sie das am wenigsten Beste sind von allem, denkt Ona.

Egal. Sagt Levi, er macht eine weite Handbewegung, rechts oder links, dann steht er auf.

Pe mag ihn. Er mag, wie Levi sich die Haare aus der Stirn streicht, vielleicht, weil er diese Bewegung kennt, er mag, wie Levi Kindergarden sagt und dass sie dann doch surfen gehen können, wenn er seinen Sohn hingebracht hat, nachher.

Gut, sagt Pe, wann?

Wieder macht Levi diese ›Alles-ist-möglich-Handbewegung‹, nur dass die Hand am Ende die Luft wegschmeißt, keine Ahnung. Elf Uhr. Sagt er. Aber eigentlich ist das schlecht mit den Wellen, sagt er, am Abend? Fünf Uhr?

Fünf Uhr, hier. Sagt Pe, und weil er dabei die Hand auf den Tisch legt, spürt Ona, wie wichtig es ihm ist, und Kriedel schaut kurz von seiner Bowl auf und Pe an, als überlege er, etwas dazu zu sagen. Aber er sagt nichts, sondern rührt die Himbeeren unters Joghurt und Getreide. Er macht das erst, als alle Blaubeeren gegessen sind.

Magst du keine Blaubeeren?, fragt Ona.

Sie sind zu groß, sagt Kriedel, im Vergleich zu den anderen Körnern. Ich mag, wenn alles etwa gleich groß ist.

Aber die Himbeeren sind auch größer, sagt Ona.

Die Himbeeren sind kleinteilig, sagt Kriedel, sie lösen sich auf. Siehst du!

Und obwohl Ona findet, dass das farblich schön ist, wie sich die Himbeeren in der Frühstücksbowl von Kriedel auflösen, würde sie niemals ihre Bowl so verrührt essen, weil das die Schönheit der Vereinzelung der Dinge zerstört.

Ich geh heute nach links. Sagt Kriedel. Und er wirkt gut gelaunt, so, als ob er sich sicher sei, dass heute ein besserer Tag würde als gestern. Und was macht ihr? Fragt er.

Matilda hat das Haus geerbt. Sagt Kriedel.

Große Wellen brechen in der kleinen Bucht, und manchmal spritzt die Gischt an den Klippen so weit nach oben, dass es über Pe und Kriedel hinweg sprühregnet. Pe macht vorsichtige Schritte auf den Steinen, die nicht rutschig ausschauen, aber so, als ob man sich alles aufreißt, wenn man hinfällt, und er sieht, dass auch Kriedel aufpasst beim Gehen.

Pe weiß nicht, was er antworten soll, weil bisher hat Kriedel Fragen zu Matilda nicht beantwortet. Alles, was Ona und Pe über sie erfahren haben, wissen sie nur, weil Kriedel es von sich aus erzählt hat.

Sollen wir runtergehen in die Bucht?, fragt Pe und dreht sich zu Kriedel um, der nun neben ihm auf einer kleinen Plattform steht, die das Wasser nicht erreicht.

Ich bin ein Kollateralschaden, sagt Kriedel. Sie hat das Haus geerbt und ...

Dann macht er eine Pause, und Pe spürt fast seinen Atem, so nah hinter ihm geht Kriedel jetzt. Und er sagt nichts, sondern wartet. Wenigstens zehn Atemzüge lang sagt Kriedel nichts, und dann sagt er: Und keine vier Wochen später hat sie mich verlassen. Eigentlich müsste ich dieses Haus hassen. Sagt er. Und dann: Wenn man es aber genau nimmt, hat sie mich gar nicht verlassen.

Ich geh voraus, sagt Pe, und er spürt, wie Kriedel seine Bewegung aufnimmt und ihm folgt.

Sie hat nur diesen Brief geschrieben, als sie im Haus war.

Zwischen dem Felsvorsprung und dem nächsten öffnet sich, auf dem direktesten Weg hinab in die Bucht, eine Spalte von fast einem halben Meter. Pe dreht sich zu Kriedel um.

Schaffst du das?, fragt er.

Er sieht, wie Kriedel nickt, und während er selbst den Schritt hinüber auf den nächsten zerklüfteten Felsen macht, sagt Kriedel: Seither habe ich nichts mehr von ihr gehört.

Lieber Kapitän! Sagt Pe. Er reicht Kriedel die Hand, aber Kriedel winkt ab und macht einen riesigen Schritt mit seinen langen Beinen, wackelt dabei nicht einmal und steht neben Pe.

Nichts ›lieber Kapitän‹! Sagt Kriedel.

Doch, sagt Pe. Er ist nicht schön, der Abgang von der Matilda. Hast du nicht versucht, sie anzurufen oder ihr Nachrichten zu schreiben, so was?

Alles, sagt Kriedel. Tagelang. Wochenlang eigentlich. Bis ich nicht mehr konnte.

Aber vielleicht ist ihr etwas passiert?

Nein, sagt Kriedel. Das weiß ich.

Sie stehen nun ganz nah beieinander auf dem Felsen, und obwohl Wind geht, kann Pe spüren, dass es Kriedel warm ist, so wie ihm selbst auch warm ist.

Oke, sagt Pe, woher weißt du das?

Weil die Brandung nun, wo sie der Bucht näher kommen, immer höher schlägt, drückt Pe sich gegen die Klippe und geht die nächsten drei Schritte so rasch, dass er die Frau und den Mann sieht, bevor Kriedel sie sehen kann, und fast reflexhaft geht er einen Schritt zurück.

Was ist? Fragt Kriedel.

Da sind Leute. Sagt Pe.

Wundert dich das? Sagt Kriedel.

Eine Frau. Sagt Pe. Ich weiß nicht.

Ist sie nackt? Fragt Kriedel.

Nein. Sagt Pe.

Was? Ruft Kriedel fast laut und geht an Pe vorbei um den Felsen herum.

Pe sieht seine aufrechten Schultern, sieht die Anspannung in seinem Körper, die, als er stehen bleibt und schaut, augenblicklich nachlässt. Er hört, wie Kriedel kurz laut ausatmet, dann dreht er sich zu ihm um.

Ach was, sagt Kriedel, sie ist kleiner. Und nicht so dünn. Dann öffnet er die Turnschuhe, zieht sie aus und tritt in den Sand.

Pe bleibt einen Augenblick stehen, er sieht, dass die Frau und der Mann sie wahrgenommen haben, kurz aufschauen und sich dann wieder zurück auf ihre Handtücher legen, er bäuchlings, sie auf dem Rücken. Für einen Moment weiß er nicht, ob er nun enttäuscht sein soll.

Er schließt zu Kriedel auf, der im feuchten Sand steht, aufs Meer schaut, sich die Haare aus der Stirn streicht und dann wortlos weitergeht, an dem Paar vorbei, das aus der Nähe jung ausschaut. Viel zu jung für Matilda. Aber dann fällt ihm ein, dass er nicht einmal weiß, wie alt Matilda ist. Auf der Fotografie sieht sie aus wie vierzig. Aber Pe ist nicht gut darin, das Alter von Menschen zu schätzen.

Sechsunddreißig, hat Ona gesagt.

Die nächste halbe Stunde gehen sie hintereinanderher am Strand entlang und erklimmen auf der anderen Seite der Bucht die Felsen, um wieder nach oben auf den Weg zu gelangen.

Das wär's jetzt gewesen. Sagt Pe, als sie oben sind. Weil auf dem ganzen Weg hat er sich überlegt, was passiert wäre, wenn Matilda da mit einem Mann am Strand gelegen hätte.

Ich weiß nicht, ob es das gewesen wäre. Sagt Kriedel. Kurz schaut er Pe aufmerksam an, dann geht er weiter.

Schweigend waren Pe und Kriedel zu den drei Häusern gegangen, die vielleicht eine halbe Stunde von der Bucht entfernt etwas vereinzelt in der Wiese lagen.

Als sie sich nähern, sieht Pe bereits von Weitem einen Mann die Hecke des größten Hauses schneiden, dessen Fensterläden verschlossen sind.

Sollen wir ihn fragen?, fragt Pe.

Was?, fragt Kriedel.

Na, nach Matilda. Sagt Pe.

Ich frag ihn, sagt Kriedel, und als er am Tor des Hauses steht, bellt wie besessen ein Hund, und der Heckenschneider schaltet sein Gerät ab. Kriedel winkt ihm.

Pe ist sich sicher, dass Ona nun sagen würde: Es riecht nach nichts hier, oder irgend so etwas Merkwürdiges, weil er ist sich ganz sicher, dass dieser Ort keiner ist für Menschen, die Matilda kennen. Im Garten sind die Buchsbäume zu Figuren geschnitten, Zwerge stehen herum, und mitten im englischen Rasen steht ein kleiner hässlicher Springbrunnen, wahrscheinlich aus Plastik, in dessen Mitte Putten oder so was speien.

Der Mann, der wahrscheinlich der Gärtner ist, sagt, dass hier niemand mit diesem Namen wohnt, auch in den Häusern daneben nicht, auch keine Deutschen. Es tut mir leid. Sagt er.

Und Kriedel sagt: Danke, und er zuckt gleichzeitig mit den Schultern.

Pe sieht seine Enttäuschung.

Gerade als er sagen möchte: Aber hast du denn gedacht, wir finden Matilda gleich am ersten Tag?, sagt der Mann, bereits im Weggehen: Auf der anderen Seite von Galiziano, vielleicht vier oder fünf Kilometer entfernt, gibt es ein paar Häuser, in denen Deutsche wohnen, und er zeigt Richtung Westen, winkt Richtung Westen, und der Collie springt zu seinem Arm hoch und bellt, bis der Mann ihn am Nacken festhält.

Kriedel lächelt. Danke, sagt er. Danke vielmals.

Danke, sagt auch Pe, und der Mann winkt noch einmal.

Am Abend, als der Entschluss fiel, Matilda zu suchen, hat Kriedel erzählt, wie er mit Matilda zusammen versucht hat, das geerbte Haus zu googeln.

Warst du jemals dort? Hat er Matilda gefragt.

Ich kenne ja nicht einmal diese Tante. Hat sie geantwortet.

Sie wussten die Adresse des Hauses noch nicht, weil der Notartermin erst stattfinden würde, nur in welcher Gegend es ungefähr liegen musste, das wussten sie, und so googelten sie sich an den

Buchten entlang, in der Hoffnung, eines zu finden, dessen Lage ihnen gefiel. Und immer, wenn es so eines gab, jubelten sie, und Kriedel hat sich mit Matilda in einem großen Garten unweit des Meeres gesehen, wo er tagelang Bücher lesen konnte und sonst nichts. Und sonst nichts, war Matilda zu wenig, hat Kriedel gesagt.

Warum suchen wir sie dann? Hat Ona ihn gefragt.

Weil ›und sonst nichts‹ zu wenig Einsatz war, antwortete Kriedel. Außerdem.

Außerdem? Hat Ona gefragt.

Und so weiter, hat Kriedel gesagt.

Seit Matilda die Adresse des Hauses wusste, hat Kriedel sie nicht mehr gesehen.

Freunde sind mit ihrem Besuch am Strand, sagt Levi, als Pe und Kriedel zurückkommen. Wenn wir uns beeilen, überlassen sie euch ihre Bretter und Anzüge für heute Abend.

Ich weiß nicht, sagt Kriedel.

Ich aber. Sagt Pe.

Aber haben die einen Anzug für mich? Fragt Kriedel und schaut an sich herunter.

Levi lacht. Improvisiere. Sagt er.

Levis Funboard ist so klein, dass es in den Käfer passt, wenn man es diagonal legt.

Die Beine des Neoprenanzugs reichen Kriedel gerade über die Wade, aber nicht bis zum Knöchel, die Ärmel reichen bis über die Elle. Kriedel sieht in diesem Neoprenanzug aus wie der kleine Bruder, der ihn auftragen muss. Am Hintern kneift er etwas zwischen den Pobacken, und genauso klemmt er unter den Achseln, aber es war der einzige Anzug von dreien, der ihm nicht zu weit war.

Ona sieht, wie Kriedel sich mit beiden Händen durch die Haare streicht, als müsse er seine Gedanken besänftigen, bevor es losgeht, aber da klopft ihm Levi schon auf die Schulter: Komm, sagt er und trabt los.

Wohin? Fragt Kriedel.

Aufwärmen, sagt Pe, und auch er läuft los, aber so langsam, dass Kriedel nicht hinter ihm zurückbleiben kann. Kriedel schaut Ona an, die lachen muss, dann zuckt er mit den Schultern und läuft hinter Pe her, der schon nach drei Schritten wieder angehalten hat, um auf Kriedel zu warten.

Deine Brille. Sagt Pe.

Kriedel geht zu Ona zurück: Würdest du sie bitte hüten? Fragt er.

Sie laufen die Bucht entlang, manchmal macht Levi, der wenigstens fünfzig Meter vor ihnen läuft, einen Hüpfer, dann macht auch Pe einen Hüpfer, und Kriedel macht etwas, was Ona sofort an Flip, den Grashüpfer aus Biene Maja, denken lässt. Am Ende der Bucht, wo bereits drei Surfer im Wasser sind, hält Levi an. Er streckt sich lang, wiegt den Kopf ein paarmal hin und her, und als Pe und Kriedel bei ihm ankommen, hört Ona sie lachen, aber dann wiegt auch Kriedel den Kopf zur rechten Schulter und zur linken, dreht ihn nach rechts, nach links, lässt ihn in den Nacken sinken und aufs Kinn und versucht, alles so zu machen wie Levi, bei dem das aussieht wie bei einem Sportler. Bei Kriedel sieht alles ein bisschen so aus, als strenge sich eine Giraffe an, eine Katze zu werden. Ona sieht, wie Levi sich in den Sand legt und Kriedel zu sich herwinkt, und dann liegen beide nebeneinander im Sand, nur Pe steht da und schaut aufs Meer hinaus. Eine ganze Weile passiert gar nichts. Anscheinend redet Levi, dann sieht Ona, was sie auch schon am Strand von Vieux beobachtet hat, nur niemals zuvor hat es bei jemandem so schön ausgeschaut. Ganz langsam hebt Levi den Kopf an, schaut nach vorne Richtung Strand, und während er anfängt, mit dem rechten Arm eine erste

Paddelbewegung zu machen, hebt sich auch sein Rumpf vom Brett, so weit, dass sich der ganze Brustkorb aufbäumt. Nun macht Levi vier oder fünf kräftige Paddelbewegungen und springt dann leichtfüßig auf ein imaginäres Brett, das Ona fast sehen kann, so perfekt steht Levi darauf. Sie sieht, wie Kriedel den Kopf hebt, den Oberkörper aber kaum vom Brett bekommt und alles genau so versucht, wie es Levi gemacht hat. Aber noch bevor er auf dem Sand steht, liegt er schon wieder auf dem Brett, weil er über die eigenen Füße stolpert. Sie hört Kriedel lachen, ein lautes, fröhliches Lachen, wie sie es bei Kriedel noch nie gehört hat, und Levis Stimme, die die Fröhlichkeit aufnimmt.

Pe kommt zu ihr gerannt. Er schüttelt den Kopf, lacht. Nice, sagt er, er ist dabei! Er nimmt das kleine Brett, das neben Ona liegt, unter den einen Arm, dann hebt er das riesige Softboard hoch, auf dem mit einem schwarzen Marker Big Daddy geschrieben steht, und klemmt es sich unter den anderen Arm. Bis gleich, sagt er.

Ona setzt sich in den Sand. Und obwohl das alles ziemlich eckig ausschaut, was Kriedel da macht, und ein wenig unsportlich auch, denkt Ona, dass es Matilda gefallen würde, weil Kriedel immerzu lacht und weil jeder sehen kann: Kriedel hat eine Idee, wie das gehen könnte. Kriedel hat Surfen studiert wie kein anderer: in der Literatur und vor dem Bildschirm. Nur sein Körper kennt die Bewegungen noch nicht.

Eine Zeit lang schaut sie Pe zu, der hinauspaddelt zu den drei anderen Surfern, und wie leicht das bei ihm aussieht, wenn er die Spitze seines Bretts nach unten drückt, um besser unter Wellen hindurchtauchen zu können, wie leicht das aussieht, wenn er paddelt. Bis er schließlich auch draußen am Line Up auf dem Brett sitzt und auf ein Wellenset wartet.

Levi legt Big Daddy für Kriedel ins Wasser. Er hält es fest und deutet Kriedel, dass er sich darauflegen soll.

Kriedel legt sich aufs Brett und bekommt kaum seinen Kopf in die Höhe, so steif ist seine Wirbelsäule. Und dann sieht Ona, wie Kriedel zu paddeln beginnt, wie Levi das Brett festhält, die Wellen beobachtet, und als die Brandung näher kommt, schubst er Kriedel in die Welle hinein. Im Liegen gleitet Kriedel mit der Welle bis zum Strand.

Er lacht, als er anlandet und Kriedel nimmt das riesige Brett untern Arm, und auch wenn er ein paarmal fast umfällt, kämpft er sich zu Fuß zu Levi zurück, der im nicht einmal hüfthohen Wasser steht.

Levi hält Kriedel die rechte Hand hin, Kriedel schlägt ein. Sie lachen laut.

Noch einmal legt Levi das Brett für Kriedel zurecht. Wieder legt sich Kriedel darauf, wieder schiebt Levi ihn in die Welle, und tatsächlich versucht Kriedel, sich im richtigen Moment aufzubeugen, und schafft es immerhin auf die Knie. Er hebt die Arme, jubelt und gleitet im Kniestand zum Strand.

Ona steht auf, bleibt kurz stehen, dann rennt sie nach hinten zum Rand der Bucht, hin zu Kriedel, der ihr schon wieder den Rücken gekehrt hat, sich aber umdreht, als Ona ›cool‹ ruft: sehr cool!

Kriedel lacht, er hebt die Hand zur Faust, und Ona würde am liebsten ins Wasser rennen und ihn umarmen.

Levi winkt ihr zu, und auch Pe kommt plötzlich angesurft, klatscht dabei in die Hände, als hätte Kriedel bereits seine erste Welle gestanden.

Kriedel lacht, bleibt kurz stehen, weil ihm die Brandung auf Kopfhöhe entgegendrischt, und hält dabei sein Brett fest.

Komm her, ruft Levi, der seelenruhig im Meer steht, sich ab und zu unter einer Welle hindurchduckt oder wegtaucht und wieder auftaucht.

Da legt sich Kriedel aufs Brett und versucht, gegen die Brandung anzupaddeln, wie ein Profi. Aber schon nach wenigen Metern schlägt ihm eine kräftige Welle so entgegen, dass sein Brett sich aufbäumt und er ins Wasser fällt. Als er auftaucht, schüttelt er sich, zieht das Brett an der Leash wieder zu sich heran und kämpft sich zu Fuß zu Levi durch.

Ona hockt sich wieder in den Sand. Mit den Händen zieht sie einen Kreis um sich herum, dreht sich dabei um sich selbst, als ob sie ein Zirkel ist, dann setzt sie sich hinein. Als Kind hat sie sich immer vorgestellt, sie sitze unter einer Glaskapsel und dabei sieht sie alles von der Welt draußen, aber hört nur sich und ihr Herz schlagen. Sie kann alles sagen, was sie möchte, aber niemand hört ihr dabei zu. Und obwohl sie keine Glaskapsel hatte, funktionierte das gut, außer dass manchmal Mama oder Papa plötzlich neben ihr standen, ohne dass sie es bemerkt hatte. Jetzt hört sie auf einmal, wie laut das Meer ist, mit wie viel Kraft es gegen den Strand brandet, und sie fragt sich, wie es wäre, mit Mama hier zu sitzen. Wie es wäre, wenn Papa anstelle von Kriedel das Surfen lernen würde? Wahrscheinlich würden sie beide in die Hände klatschen, wenn etwas klappte, und wenn etwas nicht klappte, genauso. Und wahrscheinlich würde Mama sagen: Ich lach mich kaputt!

So wie nur Mama ›Ich-lach-mich-kaputt‹ sagen konnte, so, als wäre es ein Wort. Und dabei würde sie sehr lachen, nein, sogar ein bisschen prusten. Und als sie das denkt, muss Ona lächeln. Und dann sagt sie laut: Mama, das ist Kriedel, und er ist der coolste Kauz, der mir je begegnet ist. Und jetzt lernt er surfen, weil er seine Freundin zurückgewinnen will. Obwohl er gar nicht weiß, wo seine Freundin eigentlich genau steckt. Aber ich glaube, es ist auch egal. Weil, ich glaube, er macht das alles gar nicht für sie. Und in diesem Moment hat sie das Gefühl, dass Mama sie hört, und erst zum zweiten Mal an diesem Tag nimmt sie ihr Smartphone in die Hand, und obwohl sie mobile Daten ausgeschaltet hat, tippt sie nun eine Nachricht: *Lieber Papa, ich lerne gerade unter anderem den Hirnstamm, und wahrschein-*

lich weißt du auch, dass er alles Mögliche, was wir tun, koordiniert: was wir schmecken und was wir hören und wie und wann wir wach sind und wann wir schlafen, aber wie wir leben, das müssen wir ja selbst bestimmen. Und ich wollte nur sagen, ich glaube, ihr habt mir das gut beigebracht. (POSTKARTE vom MEER) Deine Ona

Sie steckt das Handy wieder in ihre Umhängetasche, in der sie den Bikini herumträgt, auf den sie jetzt keine Lust hat, genauso wie sie keine Lust hatte auf einen nassen Neoprenanzug und auf diese Wellen. Als sie aufschaut, versucht Kriedel gerade einen Fuß aufs fahrende Brett zu bringen, und dabei fällt er ins brandende Weißwasser, taucht aber sofort wieder auf, streicht sich übers Gesicht, schaut kurz zum Strand, aber wahrscheinlich kann er sie ohne Brille nicht erkennen. Ona spürt Stolz auf ihn.

Obwohl Kriedel es kein einziges Mal geschafft hat, auf dem Brett zu stehen, sehen am Abend alle, dass etwas mit ihm passiert ist. Aufrecht schreitet er durch den Garten der Lodge, hängt den ausgewaschenen Neoprenanzug und seine Badehose über die Wäscheleine und springt plötzlich aus dem Stand in die Surfstellung. Für einen Moment bleibt er wie eine Skulptur stehen.

Lucky man! Ruft Polina von der Terrasse. Da muss Kriedel grinsen und schlendert über den Rasen zu ihr hinüber.

Good old guy, sagt Levi, er bückt sich hinter den Tresen und taucht mit zwei Bieren wieder auf.

Ona kann sich nicht mehr konzentrieren. *N. glossopharyngeus (IX) = 3. Schlundbogen-Nerv, Äste und deren Faserqualitäten sowie Lage und Verlauf am knöchernden Schädel.* Immerzu muss sie auf Kriedel schauen, der ein wenig versunken durch den Raum tänzelt, als wolle er balancieren, als spüre er noch immer die Wellen, und ein bisschen so, als habe er erst heute entdeckt, dass er einen Körper hat und nicht nur einen Kopf.

I will make it. Sagt Kriedel gerade zu Levi, der den Kopf schüttelt, weil er ihn wahrscheinlich nicht versteht.

Ach so. Sagt Kriedel. Dann sagt er etwas auf Spanisch.

Levi lacht und klopft ihm auf die Schulter.

Auf der Leinwand läuft World Surf League, weil hier den ganzen Tag World Surf League läuft, und Kriedel zeigt auf den Surfer, dessen Namen Ona noch nie gehört hat. Dabei strahlt er so sehr, wie Ona ihn noch nie hat strahlen sehen. Und obwohl sie keine Lust hat, schon wieder World Surf League zu gucken, geht sie nun zu Pe hinüber, der schon auf dem Sofa sitzt und auf den Bildschirm schaut.

Klar wirst du es schaffen, sagt Pe.

Aber nicht so, sagt Kriedel und zeigt nochmals auf die Leinwand, wo der noch immer gleiche Surfer ziemliche Turns macht, bis er schließlich, erst kurz vor dem Strand, ins Meer abtaucht.

Mañana? Fragt Levi und zeigt auf die Leinwand.

Kriedel antwortet und macht Bewegungen mit den Armen und Beinen. Und dann sagt er auf Deutsch: Aber zuerst will ich zu den Häusern von den Deutschen.

Ich komme mit, sagt Pe.

Kriedel setzt sich auf die andere Seite von Pe, Levi setzt sich neben ihn.

Sie sind erst seit gestern da, und doch kommt es Ona so vor, als kenne sie Levi und Polina schon immer. Weil sie den ganzen Tag am Tisch in der Lodge saß, mit Blick nach draußen zwar, hörte sie immerzu Levi oder Polina oder Polinas Mutter sprechen. Manchmal boten sie ihr Kaffee an oder Saft.

Kannst du nicht mal einen Tag nicht lernen?, hatte Pe am Morgen gefragt, aber Ona hatte bereits zwei Tage nicht gelernt, und also musste sie heute weitermachen. Es machte ihr nichts aus. Weil an schönen Orten zu lernen, ist leicht. Man muss sich nicht immer ins Schöne sehnen.

Ona nimmt Pes Hand.

Auf dem Bildschirm surft Medina mit Leichtigkeit und riesigem Tempo eine ganze Reihe von schwierigen Turns.

Einmal – da surften Pe und Dani in ihrem dritten Jahr – hatte Pe eine Welle so perfekt erwischt, dass er drei Turns hintereinander machen konnte. Kann nicht sein, hat er gedacht, weil er nicht wusste, woher er die Schnelligkeit hatte, seinen Körper so zu drehen, dass das Brett im richtigen Moment mitdreht. Es ging leicht, so leicht, dass er dachte, das würde nun für immer so gehen. ›Mein Profibro!‹ Sagte Dani zu ihm. Was vielleicht das Schönste war, was Dani je in seinem Leben zu ihm gesagt hat. Dani war niemals neidisch, andersherum war Pe manchmal sehr neidisch. Zum Beispiel darauf, dass Dani Mamas Lieblingskind war. Trotzdem waren sie gut miteinander. Wenn Ona mit ihrer Freundin zwei Jahre früher da gewesen wäre, hätte sie Dani auch kennengelernt, denkt plötzlich Pe, und vielleicht hätte sie ihn toller gefunden. Dann fällt ihm etwas Merkwürdiges ein: Vielleicht hat Ona an der Narbe an seinem Kopf gesehen, dass ihm etwas passiert war. So, wie auch ihr etwas passiert war. Ohne dass man das sehen konnte. Vielleicht wären sie nie zusammengekommen, hätte Ona nicht ihre Mutter verloren und er nicht seinen Bruder. Warum fällt ihm das erst jetzt ein? Er schaut Ona an, und dann sagt er: Kann ich dich was fragen?

Ona erschrickt, weil sie sieht, wie ernst Pe schaut und wie streng sein Gesicht ist.

Nichts Schlimmes, sagt Pe sofort.

Gut, sagt Ona, hier?

Pe zieht sie an der Hand vom Sofa hoch und nimmt sie mit auf die Terrasse.

Ona schaut ihn so erwartungsvoll an, dass ihm kaum etwas anderes übrig bleibt, als jetzt zu fragen. Dabei schlägt sein Herz so aufgeregt, als wolle er ihr einen Heiratsantrag machen. Oder ein schlimmes Geständnis. Er nimmt ihre Hand: Glaubst du, sagt er, wir sind nur zusammen, weil wir beide jemanden verloren haben?

Onas Gesicht entspannt sich, dann lächelt sie. Ja, glaub ich. Sagt sie. Und lacht. Sie klemmt ein Bein um seine Beine, sodass er sich nicht mehr bewegen kann.

Graureiher, denkt er, Storch. Aber er sagt es nicht. Er sagt: Meinst du, das ist nicht schlimm?

Versteh ich nicht. Warum soll das schlimm sein? Sagt Ona.

Und plötzlich weiß es Pe. Hast du mich nur ausgesucht, weil ich diese Narbe habe? Fragt er.

Ona nimmt ihr Bein von seinen weg und geht einen Schritt zurück. Phh, sagt sie, glaube nicht. Weil, ich habe ja nicht zuerst die Narbe gesehen. Und wenn! Laufen doch viele Leute mit Narbe herum, und die sehe ich nicht. Aber dich habe ich gesehen. Also habe ich dich nicht wegen der Narbe gesehen, sondern weil ich dich schön fand.

Pe schaut sie skeptisch an.

Eben anders, sagt Ona. Erwachsener, eleganter, irgendwie stiller. Vielleicht auch trauriger, also melancholischer. Also vielleicht habe ich etwas bei dir gesehen, was mich an mich erinnert hat. Ist das schlimm?

Pe schüttelt den Kopf. Nur, wenn du so jemanden gesucht hättest. Sagt er.

Hä, sagt Ona, verstehe ich jetzt nicht. Wahrscheinlich habe ich so jemanden gesucht. Du hast dich auch aus irgendeinem Grund in mich verliebt.

Weiß nicht, sagt Pe.

Sie stehen am Rand der Terrasse, die Sonne steht bereits weit im Westen und wird bald hinter der Klippe verschwinden.

Weil du so warst, wie du bist. Also, lustig und hübsch und eigenartig und so. Sagt Pe.

Und als ich das mit Mama gesagt habe? Fragt Ona.

War ich ein bisschen schockiert, sagt Pe. Ist doch klar!

Warst du denn gar nicht froh?

Froh? Fragt Pe.

Und er schaut Ona so erschrocken an, als wäre das unvorstellbar.

Nicht, weil Mama tot ist. Sondern weil du gemerkt hast, ich bin ja gar nicht alleine. Mit so was. Sagt Ona.

Pe weiß nicht mehr genau, was er gedacht hat, als Ona ihm vom Tod ihrer Mutter erzählt hat. Vielleicht, wie das wäre, wenn seine Mutter, von der er immer nur »meine Mutter« sagt und nicht Mama, wenn also seine Mutter gestorben wäre? Das kann er sich nicht vorstellen, weil sie immer da war, immer da ist.

Keine Ahnung, was ich gedacht habe. Sagt Pe. Dass es schlimm ist.

Ona sagt nichts mehr, sie hört Pe beim Atmen zu, weil Pe atmet lauter, wenn er aufgeregt ist, und dann sagt sie: Vielleicht ist es ja auch egal.

Und sie sieht, wie Pe nickt, aber sie sieht auch, dass er noch nachdenkt.

Pe weiß nicht, ob es egal ist, aber es stimmt schon, was Ona sagt, schlimm ist es nicht. Weil, vielleicht ist es sogar besser, dass sie beide sich auskennen. Mit dem Tod.

Besser wäre, wenn es keine Toten gäbe. Sagt er. Aber wenn schon Tote, dann besser, wenn sie gut verteilt sind. Dann muss er lachen.

Und Ona muss auch lachen.

Wie aus dem Nichts kommt es, dass er sagen muss: Dani würde das hier sehr gefallen. Sicher!

Mama auch, sagt Ona.

Und obwohl das kitschig ist von der Sonne, beginnt sie genau in diesem Moment im klitzeklaren Himmel hinter der Klippe abzutauchen. Gerne würde Ona jetzt die Hand von Pe in ihre nehmen, aber da ist die Kitschpolizei schon so in ihrem Kopf, so, dass das nicht mehr geht. Und sie ist froh, dass Pe es auch nicht versucht. Also stehen sie da am Rand der Klippe, schon eng nebeneinander, aber nicht ganz eng, mit den Hüften an die Latte des Zauns gelehnt, der die Koppel von der Terrasse trennt, und Pe sagt: Der steht auch bombenfest.

Und Ona muss schon wieder lachen.

Und dann: Ich hab so einen Kohldampf!

Und genau in diesem Moment verschwindet die Sonne vollständig hinter der Klippe, und übrig bleibt ein abendblauer Himmel.

Ich auch, sagt Ona.

Wir könnten den Käfer nehmen, hat Pe zu Kriedel beim Frühstück gesagt.

Und Kriedel, ganz ohne Zögern: Nein.

Warum nicht?

Ich weiß es nicht.

Pe hat versucht, in Kriedels Gesicht zu lesen. Ona tat dasselbe. Aber da war nichts zu sehen. Jedenfalls nichts Neues. Die schmalen Falten an der Seite des Mundes, die Sonnenstrahlen um die Augen, die steile Falte über der Nase, nur rechts. Kriedels blaue Augen, seine Ernsthaftigkeit und vielleicht eine Ruhe, die er gestern noch nicht hatte.

Wir können ihn ja später nehmen, um zum Strand zu fahren. Sagte Kriedel.

Mit Big Daddy? Pe hat gelacht.

Wegen Big Daddy, hat Kriedel gesagt, der darf aus dem Dach gucken.

Vor Pes Augen war für einen Moment Dani aufgetaucht und wie er sich gefreut hätte, einen Käfer zu fahren, aus dessen Dach ein Surfbrett herausschaut. Auch wenn dieses Surfbrett eher einem Dampfer glich als einem Speedboot. Eigentlich hatte er keine Lust gehabt, mit

Kriedel wieder ewig durch die Landschaft zu laufen. Aber mit dem Auto kommen wir doch viel weiter. Hat er gesagt.

Und Kriedel: Wir wollen doch gar nicht weit.

Als ob wir das wissen!

Ich weiß es, hat Kriedel gesagt. Dabei hat er so zuversichtlich geschaut, dass Pe nicht wagte zu widersprechen.

Als Kind bin ich oft mit meinem Vater im Wald unterwegs gewesen, sagt Pe. Und auf dem Segelflugplatz auch. Mein Vater wollte immer Segelflugzeuge fliegen, aber ich habe keine Ahnung, warum er es nicht gemacht hat. Jeden Sonntagmorgen sind wir auf dem Segelflugplatz gewesen, ich habe Apfelsaftschorle getrunken auf der Terrasse, und wir haben den Flugzeugen beim Starten und Landen zugeschaut. Eigentlich war das ziemlich schön. Trotzdem, also obwohl mein Vater nicht geflogen ist.

Und dein Bruder?

Hat sich dafür nicht interessiert.

Eine Weile gehen sie schweigend. Bis Kriedel sagt: Dann hat dein Vater etwas mit mir gemeinsam.

Und bevor Pe sagen kann: auf keinen Fall, sagt Kriedel: Ich wollte auch immer surfen. Und was mache ich, ich schau mein halbes Leben lang beim Surfen zu.

Aber jetzt machst du es. Sagt Pe.

Aber ich werde nie mehr wirklich gut werden. Sagt Kriedel. Aber es ist egal. Ich mach es!

Ja, sagt Pe.

Als sie an den letzten Häusern des Dorfes entlanggehen, sieht man in der Ferne schon wieder die Klippe.

Hättet ihr mich nicht überredet, sagt Kriedel mit einer ziemlichen Verzögerung, wäre es wahrscheinlich dabei geblieben.

Wir haben dich nicht überredet.

Wieder sagt Kriedel nichts.

Pe mag gerne neben ihm hergehen, er mag das Tempo, in dem Kriedel geht. Kriedel spaziert nicht, er geht, bei jedem Schritt spürt man, er hat ein Ziel. Er will ankommen. Und vielleicht geht er heute auch ein wenig schneller.

Heute Nachmittag surfen wir wieder, oder? Fragt Pe.

Das habe ich so ausgemacht mit Levi. Sagt Kriedel.

Ja, Mann, sagt Pe. Weil Ona das manchmal so sagt.

Auf dem Weg zur Klippe wird die Straße schmaler. Gleich wird sie sich verzweigen, sodass sie entscheiden müssen, ob sie nach rechts gehen, um zu den beiden Häusern zu gelangen, die am Rand des kleinen Hügels stehen, oder ob sie weiter Richtung Meer laufen, wo zwei weitere Häuser fast direkt an der Straße stehen.

Pe sagt nichts, weil ihm das irgendwie schicksalhaft vorkommt, obwohl er denkt, dass es eigentlich egal ist.

Ona hätte bestimmt eine Idee. Sag ganz schnell ein Wort, das dir gerade einfällt!

Sag schnell ein Wort, das dir gerade einfällt, sagt Pe. Außer Matilda.

Kind. Sagt Kriedel.

Kind? Antwortet Pe.

Und weil Kriedel nichts mehr sagt, sagt er: dann nach links.

Nach links geht nicht. Sagt Kriedel. Er lacht und bleibt mitten auf der Abzweigung stehen.

Wir können auch umdrehen. Sagt er plötzlich.

Können wir nicht, sagt Pe.

Warum nicht? Fragt Kriedel.

Weil du sie finden willst. Sagt Pe. Als ich Ona gut fand, als ich irgendwie kapiert habe, dass Ona ganz schön cool ist, dass ich vielleicht noch nie ein Mädchen getroffen habe, das so lässig und hübsch und lustig und schlau ist wie Ona, hatte ich zuerst ziemlich Angst, dass sie sich plötzlich nicht mehr für mich interessiert, weil – keine Ahnung.

Sie hören ein Auto kommen, es ist ein kleiner alter Citroën in einem verblichenen Rot, und Kriedel geht zur Seite, damit das Auto weiterfahren kann. Aus dem offenen Fenster grüßt winkend eine blonde Frau. Das Auto biegt rechts ab.

In Ordnung, sagt Kriedel, wir gehen geradeaus.

Warum jetzt? Fragt Pe.

Weil Matilda nicht blond ist. Sagt Kriedel.

Könnte von Ona kommen, sagt Pe.

Sie ist ansteckend. Sagt Kriedel.

Ja. Sagt Pe. Und wie.

Und dann? Fragt Kriedel. Also, was ist passiert, als du Angst hattest, dass sie dich doch nicht gut findet?

Und dann dachte ich, oke, kann ja sein, dass sie sich nicht mehr für mich interessiert. Auch egal. Aber eigentlich habe ich gewusst, dass es ganz schlimm wäre. Also, gewesen wäre.

Pe spürt Kriedel neben sich nicken, aber Kriedel sagt nichts, und auch Pe sagt nun nichts mehr, bis sie beim ersten der beiden Häuser angekommen sind, dessen Läden verschlossen sind. Als Kriedel das Gartentor öffnet, das laut quietscht, schnattern im Nachbargrundstück plötzlich sehr laut Gänse. Wie eine Rotte kommen sie über die Wiese gewatschelt und bleiben am Zaun stehen. Nicht ohne mit dem Geschnatter, das jetzt ein Geschrei ist, aufzuhören.

Psst, sagt Pe, passiert doch nichts, aber Pe ist den Viechern vollkommen egal. Sie starren alle sieben Stück auf Kriedel, der nun an der Tür des Hauses steht und die Mauer nach einem Schild absucht.

Nichts, sagt Kriedel, kein Name.

Nebenan ist jemand zu Hause, sagt Pe.

Am Zaun entlang verfolgen die Gänse schnatternd Kriedel, der den Gartenweg entlanggeht. Als Kriedel auf der Straße steht, ist es für einen Moment wieder stiller. Aber die Gänse scheinen beunruhigt. Leise schnattern sie, und es klingt, als würden sie sich darüber verständigen, was nun zu tun sei.

Ob Matilda eine ist, die Gänse hält? Wer hält denn Gänse? Jedenfalls kannte Pe niemanden, der Gänse hält. Er kennt nur die Gänse aus dem Englischen Garten in München, die viele sind und sich manchmal sogar gegen Hunde stellen.

Wovon lebt Matilda eigentlich?, fragt er Kriedel.

Übersetzen, sagt Kriedel.

Übersetzen! Sagt Pe. Davon kann man leben?

Wenn man gut ist, sagt Kriedel.

Oiga, ruft eine Frauenstimme aus dem Nachbarsgarten, der zu einem hübschen weiß gestrichenen Holzhaus gehört. Pueda ayugar? Zwischen den Obstbäumen kommt eine ältere Frau hervor, und wieder schnattern die Gänse so laut, dass Pe kaum verstehen kann, was Kriedel sagt.

Kriedel geht zum Gartentor.

Wir suchen Matilda. Sagt er und spricht spanisch.

Matilda. Sagt die Frau, und es ist nicht recht herauszuhören, ob ihr der Name etwas sagt oder nicht. Sie sagt etwas, was Pe nicht versteht.

Kriedel und sie stehen sich direkt gegenüber. Sie trägt eine Schürze über einer hochgekrempelten Jeans und löchrigen Baumwoll-Turnschuhen und schaut kein bisschen wie eine Bäuerin aus, auch ihr Gesicht wirkt nicht im Geringsten bäuerlich, irgendwie eher so wie eine Jägerin oder vielleicht so wie diese Mildred aus *Three Billboards*, die Ona ganz cool findet.

Sie ist Deutsche. Sagt Kriedel.

Ins Gesicht der Frau wächst ein Lächeln.

Zwei Nachrichten hat Ona jetzt bereits an Pe geschrieben, aber er antwortet nicht. Das Whatsapp zeigt an, dass die Nachricht noch nicht bei ihm angekommen ist, deshalb hat Ona noch eine SMS geschickt. Eigentlich ist es nicht schlimm. Nur hat sie nicht gedacht, dass Pe und Kriedel so lang wegbleiben. Ohne sich zu melden. Sie hat die Nacht über dem Lern-Skript mit den Hirnnerven verbracht. Und plötzlich ist ihr vorhin, beim Wiederholen des Stoffs, aufgefallen, dass Pes Gehirn bei dem Unfall mit Dani einen Spezialschutzengel gehabt haben muss: einen, der es genau nahm mit den Verletzungen. Es geht um weniger als Millimeter bei Gehirnverletzungen, weil dieses ganze Gehirn neben dem Herzen die allertollste Mechanik besitzt. Und wie verrückt es ist, dass niemand, kein Mensch je dieses Gehirn erfunden hat und es trotzdem so funktioniert. Unvorstellbar, weil es nicht einmal gelingt, eine Maschine zu konstruieren, die alle Fähigkeiten, alle Möglichkeiten des Gehirns hat. Und dass das Gehirn von Pe, obwohl es so schwer geprellt wurde, sich vollkommen erholt hat, dass es, obwohl es geblutet hat, fast von selbst wieder aufgehört hat zu bluten. Deshalb, weil sie das verstanden hat, will sie Pe erreichen, jetzt. Dringend.

Auf der Terrasse der Lodge sitzen die Jungs aus Italien und trinken ihr erstes Bier.

Polina ist in der Küche verschwunden, und Levi hat sie seit einer Stunde nicht mehr gesehen. Wahrscheinlich war er einkaufen gefahren. Ona bringt ihr Buch, das Skript und ihr Exzerpt ins Zimmer. Eine Weile steht sie im Zimmer herum, weil sie sich nicht entscheiden kann, ob sie nun einfach alleine zum Strand gehen soll oder hier auf Pe und Kriedel warten. Oder ob sie das Fahrrad nehmen soll und schauen, ob sie die beiden findet. Aber Levi ist nicht da. Und gerade, als sie hoch auf ihr Bett klettern will, um ihr Buch zu holen, sieht sie, dass der Putzfrau wahrscheinlich das Buch von Kriedel über die Menschen und ihre Häuser heruntergefallen ist. Es liegt auf Kriedels

Bett im Halbdunkeln. Kriedel legt sein Buch nicht aufs Bett. Kriedel legt seine Bücher immer auf feste Unterlagen, Tische, Bänke und seit vorgestern auf die Holzkiste neben seinem Bett. Neben dem Buch auf dem Bett liegt eine Fotografie. Kriedel benutzt sie als Lesezeichen, das hat sie bereits gesehen. Nicht aber, was darauf ist. Für einen Augenblick steht sie ganz still. Sie könnte sich bücken und das Foto in die Hand nehmen. Sie könnte es einfach lassen. Aber so im Halbdunkeln kann sie nicht sehen, was darauf ist. Nein, in die Hand nehmen will sie es nicht. Es gehört Kriedel. Sie bückt sich hinunter. Auf der Fotografie lachen Kriedel und die Frau, die Matilda ist, in eine Kamera. Sie lehnen an irgendeinem Denkmal, das Ona nicht identifizieren kann, und sie haben gute Laune. Genauso wie Kriedel hat Matilda Lachfältchen um die Augen und eine kleine Kerbe neben dem Mund. Und lustigerweise sind beide ganz blau gekleidet, beide in Jeans, aber anders als Kriedel trägt Matilda ein Kleid. Und dann sieht Ona es: Matilda hat einen ziemlich dicken Bauch. Matilda ist schwanger. Und ohne es zu wollen, hört sich Ona laut ›uff‹ sagen.

Levi ist immer noch nicht da, überhaupt scheint niemand da zu sein außer den Italienern, ihr und Polina in der Küche. Als Ona den Kopf hineinstreckt, riecht es fantastisch nach Kräutern und Zitrone. Polina bereitet etwas vor und hört dabei einen spanischen Musiksender.

Hey, sagt Ona. Eigentlich will sie fragen, ob sie das Fahrrad nehmen kann. Dann zögert sie. Was soll sie zu Kriedel sagen? Was wird Kriedel überhaupt von ihr denken, wenn er die Fotografie neben dem Buch liegen sieht? Aber warum eigentlich hat er selbst nichts von einem Kind erzählt?

Kann ich dir etwas helfen?, fragt Polina, die kurz vom Tisch aufschaut, an dem sie steht und auf einem Brett einen riesigen Haufen Kräuter wiegt. Sie reibt sich mit dem Handrücken über die Nase. Chili, sagt sie. Dann wackelt sie ein bisschen mit dem Kopf und macht Schnupfgeräusche. Sie lacht. Ich mach ein Dressing, sagt sie.

Es riecht toll, sagt Ona und schüttelt den Kopf. Nein, du kannst mir nichts helfen. Ich habe nur ..., sagt Ona. Dann unterbricht sie sich. Und erst als sie bemerkt, dass Polina sie anschaut, sagt sie: Was machst du?

Ich mariniere Hühnerschenkel, für alle. Sie lacht.

Oh. Sagt Ona, weil Polina tatsächlich sehr gut kocht. Für alle. Sagt sie.

Ich will mal eine Großfamilie haben. Obwohl, die habe ich ja schon. Hier. Sie macht mit dem Messer eine ausschweifende Bewegung. Ich mag das, viel kochen für alle. Sagt Polina. Sie dreht sich um und das Radio ein wenig leiser, gerade als Ona gerne zuhören möchte. Der Sender spielt *500 PS*. Pe findet den Song lustig, und Ona findet, dass das gar nicht zu ihm passt. Weil, warum gefällt ihm ein Song über Maserati und so?

Pe sagt: Ist doch ironisch.

Die Musik jedenfalls ist ziemlich schön.

Ona schätzt, dass Polina noch nicht einmal dreißig ist, höchstens sieben oder acht Jahre älter ist als sie.

Komm doch ganz herein, sagt Polina. Dabei reibt sie die Schale einer weiteren Zitrone ab.

Alles sieht perfekt und improvisiert gleichzeitig aus. Der Tisch wie ein alter, viel benutzter Bauerntisch, an der ganzen Wand entlang hängen Kochgeräte an Haken, es gibt nicht wirklich eine Einbauküche, sondern nur ein paar Unterschränke, deren Türen alle in unterschiedlichen Farben gestrichen sind. Es gibt einen riesigen Kühlschrank und einen großen Gasherd, der ausschaut wie aus einem Kochmagazin. Es gibt eine große tiefe Spüle mit einem Schwenkwasserhahn, der eine beeindruckende Höhe hat, und wahrscheinlich gibt es auch irgendwo eine Spülmaschine. Platz zum Herumlaufen gibt es nicht besonders viel, außer einmal rund um den Tisch, der in der Mitte steht. Ona denkt an ihre kleine Küche, die sie erst richtig nutzt, seit sie Pe kennt. Davor hat sie oft unterwegs etwas zu Mittag gegessen und abends Salat oder ein Käsebrot. Aber seit es Pe gibt, kocht sie manchmal Sachen: Risotto am allerliebsten. Risotto macht glücklich. Und vor allem mag sie es, dass man Zeit braucht, um es zu kochen. Man muss immerzu rühren. Zeit brauchen für etwas ist gut.

Pe hat gelacht, als sie das zum ersten Mal sagte.

Und Ona so: Überleg mal, wenn du laufen gehst, wenn du lernst, wenn du Surfen guckst oder es selbst tust, wenn du die Zähne putzt, wenn du unter der Dusche stehst, wenn du isst, wenn du trinkst, wenn du schläfst, wenn du küsst, wenn du hier sitzt und mir beim Kochen zuschaust: Ist das wertvoll? Wenn etwas nicht wertvoll ist, dann sollst du es nicht tun.

Da hat Pe nochmals gelacht und ›n-i-c-e‹ gesagt, wie Pe eben nice sagt. Und dann noch: Stimmt. Wie Pe eben ›stimmt‹ sagt. Schön!

Aus einer Flasche mit Ausgießer schüttet Polina Öl zu den Kräutern und zur Zitrone, dann rührt sie es mit einem Löffel um.

Seit wann macht ihr das hier zusammen? Fragt Ona, du und Levi. Ein Jahr jetzt, sagt Polina. Sie trägt eine schwarze Schürze über ihrem sehr knappen Rock und hat die Haare mit einem Frotteeband aus dem Gesicht gebunden.

Wenn ich das wäre, und Pe wäre Levi? Überlegt Ona kurz. Weil, dieses Haus, diese kleine Küche, dieses Leben mit immer neuen Menschen passt zu Polina und Levi. Sie wirken glücklich. Ona wäre damit nicht zufrieden. Wahrscheinlich. Weil etwas fehlt.

Was hast du davor gemacht?, fragt Ona. Sie hat sich auf den kleinen Hocker gesetzt, der neben der Tür steht. Es ist ein Kinderhocker.

Studiert, sagt Ona. In Polen und dann in Paris. In Barcelona habe ich Levi kennengelernt.

Und dann kam Flavio auf die Welt. Sagt Polina und lacht. War nicht geplant, sagt sie.

Ona hat Flavio bisher nur zweimal gesehen, weil er entweder im Kindergarten ist oder abends bei Polinas Mutter. Am liebsten würde sie fragen: Hättest du dir das vorstellen können, dich von Levi zu trennen, als du mit Flavio schwanger warst? Kannst du dir vorstellen, dass eine Frau sich während der Schwangerschaft von einem Mann trennt? Das könnte sie fragen, aber sie will lieber mit Pe darüber sprechen.

Eine Weile schaut Ona den gleichmäßigen Bewegungen zu, die Polina mit dem Messer macht, und erst als sie fertig ist und die Kräuter mit einem Messer in eine Schüssel streicht, fragt sie: Hast du einen Uni-Abschluss?

Klar. Sagt Polina. Master in Cultural Studies. Und wieder lacht sie so schön und hell, dass Ona genau versteht, warum Levi sie mag. Sie ist still und glücklich. Und anmutig.

Du denkst jetzt, warum macht sie nichts damit. Stimmt's? Fragt Polina.

Nein. Ja. Sagt Ona. Und weil sie nicht weiß, wie sie Polina sagen soll, dass sie sie schön findet, sagt sie: Stimmt genau!

Weil ich das hier mag. Sagt Polina. Weil ich immer mit Menschen arbeiten wollte. Weil es mir gefällt, eine Familie zu sein und mit meiner Familie zu arbeiten. Polina streicht sich eine Haarsträhne aus dem Gesicht. Weil ..., sagt sie, und dann macht sie eine sehr große Bewegung mit dem Arm und dem Messer in der Hand, eine Bewegung, die eigentlich die ganze Küche ausfüllt, eine Bewegung, als sei die Küche die ganze Welt und die Welt die ganze Küche: Weil wir immer noch etwas anderes machen können, wenn wir wollen!

Dabei wirkt sie kein bisschen unsicher.

Cool, sagt Ona, und plötzlich kommt sie sich jung vor, jünger, als sie sich je neben Kriedel vorgekommen ist, weil das ja eh klar ist im Verhältnis zu ihm. Klingt sehr erwachsen, sagt Ona.

Polina schüttelt den Kopf. Nein, das weiß ich schon lange. Ich bin so aufgewachsen. Meine Eltern haben viel im Ausland gearbeitet, ich war das einzige Kind und niemals ohne sie und immer mit vielen Leuten um mich herum, Freunden, Fremden. Ich muss mich nicht für mich selbst verwirklichen, ich verwirkliche eine Idee. Sie lacht, dann bückt sie sich und holt eine Tüte aus dem großen Kühlschrank.

Einen Augenblick sieht Ona Mama mit ihrem Korb über den Markt rennen. Mama wollte auch versorgen.

Wie alt bist du? Fragt Polina.

Hast nicht gesehen, fragt Ona, auf meinem Ausweis?

Polina schüttelt den Kopf. Ich habe nicht darauf geachtet.

Achtzehn, sagt Ona, in einem halben Jahr neunzehn.

Draußen macht die schwere Eingangstür zur Lodge ein Geräusch.

Hola, ruft Levi.

Hola, antwortet Polina.

Ona steht auf. Ich geh dann mal. Sagt sie.

Musst du nicht, sagt Polina.

Ich will ein bisschen in die Sonne, sagt Ona, obwohl sie eigentlich sagen möchte: Ich möchte so gerne, dass Pe kommt.

Hey, sagt Levi, als er die Küchentür aufschwingt, schnuppert und dann ›mhh‹ sagt, als er zu Polina geht und sie küsst.

Alles sieht so leicht aus. Und für einen Moment stellt Ona sich vor, wie es wäre, mit Pe zusammenzuwohnen. Wie es wäre, wenn seine Sachen mit ihren beisammenlägen? Wie das wäre, wenn er immer da ist, wenn sie morgens aufwacht, wenn er immer da ist, wenn sie abends einschläft, wenn sie alles, was sie hätte und täte, mit ihm teilen würde? Auch den Kater. Eigentlich ist sie aber manchmal sehr gerne alleine in ihrer Wohnung. Vielleicht noch lieber, seit es Pe gibt.

Kann ich dein Fahrrad haben?, fragt sie Levi, der neben ihr steht und dabei ein Joghurt auslöffelt.

Cómo no! Sagt Levi.

Kriedel spricht nicht mehr.

Aufrecht geht er vor Pe her, und es schaut aus, als starre er unaufhörlich in die Ferne und dort auf irgendetwas, was Pe nicht sehen kann. Er dagegen schaut auf Kriedels Rücken, auf Kriedels schmalen Nacken, auf seinen Hinterkopf, wo die Haare noch viel dunkler sind als an den Schläfen und an der Stirn. Kriedel schreitet.

Drei Kilometer, hat die Frau gesagt, oder vier, immer da lang, und sie hat nicht zum Meer gezeigt, sondern hinauf auf den kleinen Hügel, an dem fünf Häuser kleben.

Wie lange braucht man? Frag sie das, hat Pe gesagt, aber Kriedel ist einfach losgegangen, danke, hat er noch gerufen, die Hand gehoben, seither nichts mehr: kein Wort.

Alles oke? Würde Pe gern fragen, aber vielleicht meditiert Kriedel, während er geht, und Pe folgt ihm. Sie gehen im Gleichschritt, ohne dass es für Pe schwierig ist, ihn einzuhalten, oder so, als passe Pes Körper sich einfach dem Körper von Kriedel an, seinem Rhythmus, seinem Schritt.

So gehen sie, und wie von selbst sieht Pe nach einer Weile sich und Dani gehen, zwischen ihnen beiden diese fetten Surfbretter, fast so fett wie Big Daddy, als sie gerade erst mit dem Surfen begonnen hatten. Dani geht vorne, hält die Bretter, eins rechts, eins links an den Brettspitzen, und Pe, der hinten geht, trägt sie an ihren Enden. Dazwischen baumeln über den Bretterkanten schlaff ihre beiden nassen Neonprenanzüge.

Vom Meer bis zum Campingplatz brauchen sie auf dem Weg hinter der Düne fast eine halbe Stunde, aber sie sind jetzt schon müde. Und hungrig.

Jetzt einen Burger, sagt Dani, so einen fetten mit einem Stück echtem Fleisch drauf!

Und Käse. Sagt Pe.

Und Gurke und Zwiebeln, so knusprige!

Sie lachen.

Und Spezi. Aber Paulaner, sagt Pe.

Ja, Mann, sagt Dani, und dazu Pommes. Einen Berg.

Was für einen Berg, sagt Pe, so hoch wie die Bretter.

Aber zuerst Nüsse.

Ich liebe Nüsse, Mann. Nüsse! Sagt Pe.

Scheiße, ist das weit.

Der Dünenweg flirrt in der Nachmittagssonne und über den Gebüschen, die sich zum Pinienwald hinziehen. Es riecht gut.

Hey, Brombeeren, Alter, siehst du, da! Ruft plötzlich Dani und wendet sich mit den Brettern so schnell zum Gebüsch hin, dass sie Pe aus der Hand rutschen.

Idiot, ruft Pe.

Ist doch egal, sagt Dani, leg sie halt hin.

Im Gebüsch wachsen jede Menge Brombeeren. Die Früchte sind so reif, dass die Finger schwarz werden beim Pflücken, aber die Ranken sind so stachelig, dass sie an ihren Armen hängen bleiben und sogar an der nackten Haut von Brust und Bauch. Sie jaulen.

Komm weiter, sagt Dani.

Egal, Mann. What a fuck, hab ich Kohldampf. Sagt Pe.

Das Geräusch der Flipflops im Sand ist so ein schlurfendes und schlappendes gleichzeitig. Jemand überholt sie mit einem Fahrrad, das Brett unter dem Arm.

Hey, nimm mich mit, ruft Pe.

Wieder lachen sie.

Wart mal. Ey, da stechen mich Viecher, ruft Dani. Er reibt sich mit der Hand über den Nacken. Fick die Bremse! Sagt er.

Wieder lachen sie.

Hey, jetzt hast du sie zu mir getrieben. Mann. Ruft Pe. Ahh, ich komm hier nicht mehr her!

Das hätten sie auch reinschreiben können, dass man so weit laufen muss. Sagt Dani.

Memme!

Selbst Memme.

Scheiße, Mann, ich schlag die Bremsen tot. Wieder hört sich Pe selbst sprechen.

Geiler Scheiß wäre das mit dem Burger! Sagt Dani.

Nee. Ich hol mir 'ne Pizza, vorne. Gleich.

Vor dem Duschen!

Ja, Mann, vor dem Duschen!

Mit Schinken und Pilzen.

Und allem. Scheiße. Und so fett Käse!

Alter, so 'ne fette Pizza! Dani.

Paulaner gibt's hier nicht. Pe natürlich.

Auch egal, geht auch so. Nehm ich halt eine Cola.

Weiß nicht. Sagt Pe.

Doch, 'ne Cola.

Nee, musst du so rülpsen.

Pe hört, wie Dani einmal laut rülpst.

Dann lachen sie wieder.

Wir hätten einen Jungen, eigentlich. Sagt Kriedel. Matilda und ich.

Pe schaut verdutzt auf. Kein Neoprenanzug baumelt zwischen ihnen, die Straße geht bereits ein wenig bergauf. Kriedel dreht sich kurz nach ihm um, aber schnell wendet er sich wieder der Straße zu und marschiert weiter.

What? Sagt Pe. Was anderes fällt ihm nicht ein.

Der Sattel von Levis Rad ist viel zu hoch. Ona versucht die Schraube zu öffnen, aber mit den Fingern geht das nicht.

Can you help me? Fragt sie Levi, der hinterm Tresen in der Lodge steht. Er trinkt eine Fanta. With the saddle. Sagt Ona.

Levi lacht, er stellt die Fanta ab.

Ona weiß nicht, ob er das mit dem Sattel verstanden hat. Levi spricht wenig Englisch.

Tricky, sagt er.

Levi geht mit ihr nach draußen, und als Ona ihm den Sattel zeigt, grinst er, und mit einem Griff macht er den Sattel niedriger.

This direction, sagt Levi und zeigt in Richtung Dorf, formt mit der Hand einen Hügel, ein Tal und einen weiteren Hügel. Uphill, downhill, uphill, sagt er.

Glaubst du? Sagt Ona.

Wieder lacht Levi fröhlich und zuckt mit den Schultern.

Gut. Sagt Ona.

Schon als sie losfährt, macht das Fahrrad Quietschgeräusche, die mit einem bremsenden Zug mithalten könnten. Als sie im Dorf ankommt, sind sie so laut, dass Hunde anfangen zu bellen. Auch das Treten geht nicht wirklich leicht. Sie schaut zu den Pedalen hinab und sieht, wie rostig die Kette ist. Weil sich aber weit und breit kein Laden zu befinden scheint, steigt sie nach einem kurzen Halt wieder auf. Am Dorfplatz sitzen in einem Café ein paar ältere Männer und schauen auf, als sie um die Ecke biegt. Sie versucht, möglichst wenig zu treten, damit sie nicht so quietscht. Aber das Fahrrad wird sofort sehr langsam. Einen Augenblick überlegt sie, ob sie anhalten soll und nach Öl fragen. Dann tritt sie weiter in die Pedale. Das Fahrrad ächzt wie ein rostiger Karren. Das Dorf zieht sich in die Länge, und als hätten die Häuser Ohren, schämt sich Ona für jedes Mal treten, bis es nach einer Kurve endlich bergauf geht. Rechts und links steht das Gras in der Wiese hoch, ein kleiner Wind weht. Sie kann das Meer riechen. Wenn sie das Rad schiebt, macht es nur ein kleines, schabendes Geräusch, an das man sich gewöhnen kann. Obwohl es nicht allzu sehr bergauf geht, schwitzt sie, weil die heiße Sonne ihr direkt auf den Rücken und den Kopf brennt. Wie dumm, mit einem dunkelblauen T-Shirt durch die Hitze zu fahren. Und ohne Hut. Keine Ahnung, wie sie Kriedel und Pe finden soll. Klar, gestern waren sie in der anderen Richtung unterwegs, aber wer weiß, was sich heute ergeben hat. Oben auf dem Hügel stehen zwei Häuser, das eine sieht aus wie ein alter Bauernhof, das andere wie ein normales Wohnhaus. Wieder bellt ein Hund. Warum ist hier eigentlich so wenig los? Das hat sie schon Polina gefragt.

Warte das Wochenende ab, hat Polina gesagt.

Aber Touristen?

Sie hat mit den Schultern gezuckt. Sind nur die Surfer hier und Leute auf Durchreise. Warum nach Nordspanien fahren, wenn Südfrankreich auch geht?

Ona hat mit den Schultern gezuckt. Es ist ihr nichts eingefallen. Weil weniger los ist, weil nach Frankreich alle fahren, weil. Keine Ahnung. Und dann fiel ihr ein: wegen einer Frau!

Polina hat gelacht.

Sie muss großartig sein, hat Polina gesagt in ihrem schönen Englisch, diese Matilda.

Warum?

Cool guy, Kriedel. Hat Levi gesagt.

Ona setzt sich wieder aufs Fahrrad. Als sie beginnt zu treten, bellen die Hunde wie verrückt. Ona bleibt stehen. Sofort nimmt das Bellen der Hunde ab. Sie schiebt das Fahrrad bis zur Kuppe des Berges, wo die Straße abschüssig wird. Das Meer ist gar nicht so weit entfernt. Einen Augenblick bleibt sie stehen und schaut auf das dunkle glänzende Wasser in der Ferne. Dann setzt sie sich wieder aufs Rad. Wenn das Fahrrad nur rollt und sie die Füße einfach auf den Pedalen lässt, quietscht es kaum. Als sie unten am Berg ist, muss sie an Levi denken und wie er ›downhill‹ sagt, so schmusig. Dann vibriert ihr Handy.

... Ich sag's dir! Aber wir sind bei ihrem Haus jetzt.

Sie hat guten Empfang. Typische Nachricht von Pe. ›Ich sag's dir.‹ Was auch immer das heißt.

Gut. Und wo ist das?

Ona wartet. Pe hat die Whatsapp gelesen. Er schreibt.

Wieder vibriert ihr Handy. *Sie ist nicht da.*

Und jetzt?

Ich schätze, wir kommen zurück.

Und obwohl sie keine Ahnung hat, warum sie das jetzt schreibt, tut sie es: *Ich bin dann am Strand,* schreibt Ona.

Sie treten mit der blonden Frau aus dem roten Citroën, der sie vorhin überholt hat, vor dem kleinen Steinhaus auf der Stelle, Pe und Kriedel. Unter dem Baum im Hof stehen ein Tisch und zwei Stühle, außerdem ein Kinderstuhl, wie Pe auch einen hatte. Ein Tripp Trapp. So rot wie Kriedels Käfer.

Ich weiß nicht, ob ihr das recht ist, wenn ihr wartet, sagt die Frau, die nicht still stehen kann. Ständig geht sie vor und zurück, einen Schritt so, einen Schritt so. Manchmal auch einen nach rechts, einen nach links, und sie beide versuchen ihr dabei nahe zu bleiben.

Ich bin übrigens Trixie.

Trixie! Das klingt wie ein Skateboard-Trick. Ollie. Shuvit. Flip. Aber wenn Pe es hätte aussuchen können, hätte er sich auch lieber Peter als Peer genannt. Peer. Wie Speer, wie schwer, wie leer, wie. Egal. Trixie eben. Keine Ahnung, wer Trixie sonst noch ist. Trixie spricht deutsch und ist deutsch, das ist klar.

Kriedel scheint nicht irritiert zu sein. Überhaupt hat Kriedel plötzlich eine Lebendigkeit wie seit dem gestrigen Abend nicht mehr.

Das ist mir egal, sagt Kriedel. Ich warte. Und ich bin sicher, es ist ihr recht.

Otto Kriedel, hat sich Kriedel vorgestellt, als sie auf den Hof traten. Ich bin auf der Suche nach Matilda.

Wir, hat Pe sagen wollen. Aber dann hat er geschwiegen.

Das ist Peer, hat Kriedel gesagt. Surfer.

Als ob das wichtig ist, hat sich Pe gedacht. Hallo, ich bin Pe, hat Pe gesagt, ich begleite ihn. Also wir. Hat er gesagt, weil Ona findet, dass man, wenn man zu zweit ist, auch von zu zweit spricht und nicht von sich alleine. Also, wir, meine Freundin und ich begleiten ihn. Hat Pe gesagt.

Trixie hat gelächelt. Otto. Hat sie gesagt. Und die Augenbrauen hochgezogen, so ein bisschen. Der Buchhändler. Hat Trixie gesagt.

Der! Hat Kriedel geantwortet, wissend mit dem Kopf genickt und sehr freundlich gelächelt.

Und so weiter. Hat Trixie gesagt.

Da wurde Kriedel einen Augenblick ganz still, aber er schaute Trixie aufmerksam an.

Jetzt, wo Pe da mit Kriedel so steht und sich genau anschaut, wie Kriedel das alles macht, wie Kriedel dabei aussieht, wie Kriedel wirkt, ist er sicher: Man kann nicht anders als ihn mögen. Er steht aufrecht, er ist zugewandt, er sieht seriös aus in seinen Jeans, dem weißen T-Shirt und dem dunkelblauen Nadelstreifensakko, das er nur zum Schlafen und zum Surfen ablegt und auch bei Hitze nicht auszieht. Ein bisschen elegant ist das. Und er trägt ziemlich gute Turnschuhe, nichts Großes, aber so französische Baumwolldinger, wie Ona auch welche hat. Dabei sieht er ernsthaft aus und entspannt. Beides. Und Pe sieht, dass auch Trixie nicht abgeneigt ist, ihn gut zu finden. Immer wieder wandert ihr Blick an Kriedel entlang, als müsse sie abschätzen, was Matilda an ihm findet.

Im Haus läuft Musik, Pe kann nicht erkennen, was das ist, es klingt nicht schlecht.

Kann noch ziemlich dauern, bis Matilda kommt, sie ist erst gerade vorhin los. Sagt Trixie.

Ich habe Zeit, sagt Kriedel.

Pe staunt, wie gelassen Kriedel nun plötzlich ist. Dabei könnte er jubeln. Wir haben sie gefunden! Er sieht, wie Kriedel den Blick schweifen lässt, wie sein Blick am Gartentisch unterm Baum hängen bleibt. Er sieht, wie Trixies Blick dem von Kriedel folgt, wie sie kurz zu Kriedel aufschaut, der wenigstens eineinhalb Köpfe größer ist als sie. Sie geht zum Tisch, wischt mit der Hand darüber, als hätte sie etwas entdeckt, was sie stört, und kommt wieder zurück.

Kriedel schaut sie an.

Der Stuhl gehört meiner Tochter, sagt Trixie und zeigt auf den Tripp Trapp.

Kriedel nickt. Und als Pe schaut, wie er schaut, blickt ihm Kriedel für einen Moment in die Augen und sofort wieder weg.

Falls du warten willst, sagt Trixie, die wenigstens fünfzehn Jahre jünger ist als Kriedel, aber auch fünfzehn Jahre älter als Pe. Sie zeigt auf den Gartentisch. Wie gesagt, es wird dauern. Sagt sie. Aber … Dann unterbricht sie sich.

Wieder nickt Kriedel.

In Pes Kopf taucht plötzlich Potasche auf, wie er es immer tut, wenn es schwierig wird. Potasche ist sein stiller Berater. Was würde Potasche jetzt sagen, denkt Pe oft, und meistens weiß er es. Und weil Potasche einer ist, der zwar eine Praxis hat, die wie ein altes Sportstudio ausschaut, in dem man an der Sprossenwand klettern könnte oder über einen Bock springen, ist er alles andere als ein Draufgänger. Potasche ist einer, der dafür ist, lieber zuerst einmal um den Block zu rennen, einmal drüber zu schlafen, eine Whatsapp nicht abzuschicken vor der nächsten. Potasche ist einer, der dafür ist, bis tausend zu zählen, bevor man auf einhundertachtzig etwas tut, was man bereut.

Vielleicht kannst du unsere Adresse hierlassen, sagt Pe. Dann kann Matilda zu uns kommen.

Trixie schaut ihn erstaunt an. Dann lächelt sie.

Pe spürt, wie es in Kriedel rumort. Wahrscheinlich denkt Kriedel, sie kommt nicht, wahrscheinlich denkt er, Matilda haut einfach wieder ab.

Sie holt Lotte vom Kindergarten.

Lotte?, fragt Kriedel.

Meine Tochter. Sagt Trixie.

Ein Schwarm Möwen fliegt kreischend über das Haus. Kriedel schaut in den Himmel, als stünde dort die Lösung geschrieben, schaut, bis die Möwen schon lange wieder weg sind, und obwohl Kriedel für gewöhnlich nur im Schlaf laut atmet, hört Pe ihn nun tief Luft holen, und wie er ausatmet und wieder einatmet. Dann sagt er: Darf ich fragen, in welchem Verhältnis Sie zu Matilda stehen?

Lieber Kapitän! Wie spricht er denn jetzt? Pe spürt, wie er rot wird, als hätte er das selbst gefragt, so unentspannt. ›Darf ich fragen, in welchem Verhältnis ...‹

Aber Trixie lacht nur. Ich bin ihre Cousine. Das ist alles. Sie grinst ihn forsch an, dabei fällt eine Haarsträhne aus ihrem Pferdeschwanz, und eigentlich sieht sie ganz nett aus, diese Trixie.

Kriedel nickt, dann schüttelt er den Kopf. Tut mir leid, sagt er.

Schon gut, sagt Trixie.

Pe möchte gehen. Kriedel am Arm nehmen und sagen: Mann, wenn sie dich sehen möchte, wird sie kommen. Wenn nicht, ist sie dumm. Aber erstens klingt das altklug und zweitens: Er weiß ja noch immer nicht, was mit diesem Jungen geschah. ›Wir hätten einen Jungen.‹ Und weiter?

Für einen Augenblick ist es ganz still. Dann sagt Kriedel: Was soll ich jetzt tun?

Ich find's sehr mutig, dass du gekommen bist, sagt Trixie, die inzwischen eine Gießkanne in der Hand hat und vor ihnen her zum Haus läuft.

Pe sieht, wie Kriedel lächelt.

Pe nickt. Ich auch, sagt Pe.

Trixie hebt einen gelben Gartenschlauch auf und steckt ihn in die Gießkanne, sie dreht den Hahn so sehr auf, dass das Wasser laut in die große Blechkanne läuft. Dann richtet sie sich auf. Matilda wird nicht abhauen, sagt Trixie. Ich bin sicher. Und wenn. Ich würde es nicht zulassen.

Ich warte. Sagt Kriedel. Er schaut Pe an, der sich das fast gedacht hat.

Trixie schüttelt den Kopf. Ich weiß nicht, ob das wirklich eine gute Idee ist.

Warum nicht? Sagt Kriedel.

Ich dachte, du kennst Matilda.

Pe beobachtet Kriedel, dessen Blick jetzt fest in einem Baum haftet, von dem getrocknete Schalen herunterhängen, von was auch immer.

Dann nickt Kriedel, er setzt an, etwas zu sagen: Aber ... Den Rest verschluckt er.

Pe sieht, wie Kriedel beginnt, auf der Oberlippe zu kauen, das hat er bereits auf der Autofahrt einmal gesehen. Er würde ihn gerne erlösen, aber wie soll das gehen?

Um etwas gegen die Stille zu tun, zeigt Pe auf den Baum mit den im Wind klappernden Samenkapseln: Was ist das für ein Baum? Fragt er. Und warum er eigentlich nie versucht hat, Bäume zu lernen, denkt er, nur immerzu Schmetterlinge, aber davon gibt es hier fast keine. Nur ab und zu fliegt ein Zitronenfalter herum.

Keine Ahnung, sagt Trixie, die nur dagestanden hat, nicht still, sondern nahezu auf einem Fleck tänzelnd, immer Kriedel im Blick, der plötzlich gar nicht mehr entspannt ist.

Aber im Frühling blüht er, sagt Trixie. Der Baum. Blau.

Pe zuckt mit den Schultern.

Ona würde das mögen. Sagt er.

Ona? Fragt Trixie.

Meine Freundin.

Trixie nickt.

Beide schauen sie Kriedel an, der immer noch nichts sagt.

Aber schließlich schaut Kriedel Trixie an, und sehr ernst fragt er: Aber wenn sie mich nicht sehen möchte?

Ein Lächeln huscht über das Gesicht von Trixie, so eines, das man nur haben kann, wenn man weiß, wie es ist, jemanden zu lieben. Ein schönes Lächeln. Ein gutes.

Das wird nicht so sein. Sagt Trixie, ganz sicher nicht. Dabei geht sie einen Schritt auf Kriedel zu, fasst ihn am Handgelenk, und dann geht sie wieder einen Schritt von Kriedel weg und bleibt stehen.

Kriedel blickt Pe an, so als müsse er sich versichern, dass das stimmen kann. Aber Pe hat keine Antwort.

Kriedel geht zum Gartentisch. Er streicht mit der Hand über den Tripp Trapp, dann setzt er sich auf einen der Gartenstühle.

Wo ist deine Freundin?, fragt Trixie.

Sie lernt, sagt Pe.

Trixie lacht. In den Ferien.

Sie hat keine Ferien. Sagt Pe. Nicht wirklich.

Kriedel erhebt sich vom Gartenstuhl. Vielleicht ist es besser. Sagt er.

Was ist besser? Fragen Trixie und Pe fast gleichzeitig.

Wenn ich sie selbst entscheiden lasse.

Ich richte es ihr aus, sagt Trixie.

Was? Fragt Kriedel.

Dass du da bist.

Kriedel nickt.

Wir wohnen in der Surf Lodge da unten. Pe zeigt übers Land.

Guter Platz. Sagt Trixie. Und nach einer Pause: Ich sag's ihr.

Als sie wieder auf der Straße Richtung Küste fährt, spürt Ona den Wind kräftiger. Trotzdem ist es noch heiß. Die Sonne steht jetzt fast senkrecht, und das komische Fahrrad von Levi läuft weder leichter noch leiser.

Sie bleibt stehen, wickelt sich das Tuch vom Hals und bindet es sich über den Kopf. Kurz überlegt sie, ob sie das T-Shirt ausziehen soll und im Bikini-Oberteil weiterfahren. Aber sie hat keine Sonnencreme dabei.

Zum Strand kann es nicht mehr weit sein. Sie sieht das Dorf schon in der Ferne, und wenn sie dem Weg folgt, müsste er bald wieder bergauf gehen, und dann wäre sie schon oben an den Klippen.

Als sie anfahren will, hängt die Kette fest. Sie hebt das Hinterrad leicht an, drückt das Pedal zurück, aber nichts bewegt sich. Als sie das Hinterrad wieder anhebt, drückt sie das Pedal mit Wucht und dem Fuß nach vorne. Es knackt. Das Rad bewegt sich. Super. Sie schiebt das Fahrrad kurz an, es rollt. Dann sieht sie es. Jetzt ist die Kette ab.

Mann, ruft Ona ganz laut. Sie zieht das Handy aus der Tasche. Pe hat ihre Nachricht noch immer nicht gelesen. Kurz überlegt sie, die mobilen Daten einzuschalten und ihn anzurufen. Aber wozu?

Die Kette hängt zwischen Pedal und Fahrradrahmen. Wenn sie jetzt die Finger benutzt, dann sind die ganz braun vom Rost. Sie stellt den kleinen Rucksack auf den Boden, weil darin müssen Taschentücher sein. Hinter ihr hupt es.

Ein kleiner roter Citroën rumpelt langsam den Weg entlang, beide Seitenfenster sind heruntergekurbelt.

Ona winkt.

Das Auto hält an.

Ona sieht zuerst nur den Kindersitz auf der Rückbank, darin ein Kind.

Dann beugt sie sich zur Beifahrerscheibe herunter.

Puedo ayudarte? Fragt die Frau.

Das versteht Ona, klingt fast wie Italienisch. Forse, sagt sie, non lo so.

Die Frau lacht. Sei italiana?

No, sagt Ona, tedesca.

Dann geht's ja einfach, sagt die Frau und stellt den Motor ab.

Er kam viel zu früh auf die Welt. Er konnte es nicht schaffen. Sagt Kriedel. Da kommen sie gerade über die Kuppe des Hügels, aber man kann schon die ersten Häuser des Dorfes sehen.

Wer? Fragt Pe.

Anton. Sagt Kriedel. Unser Junge.

Pe bleibt stehen. Eine Ameisenstraße überquert den Weg. Es sind Abertausende. Eine fette dunkle Ameisenstraße.

Auch Kriedel bleibt stehen. Pe spürt seinen Arm direkt an seinem. Die Straße bleibt immer gleich. Und würde man nicht die Bewegung der einzelnen Ameisen sehen, könnte man denken, sie ist einfach schon immer da und wird immer da bleiben. Nur manchmal kommt eine Ameise ein wenig vom Weg ab und dreht sofort wieder um.

Matilda hat das nicht verkraftet. Sagt Kriedel.

Deshalb? Fragt Pe. Ich meine, deshalb hat sie sich getrennt?

Sie hat sich nicht getrennt. Sagt Kriedel. Sie hat sich nur nicht mehr gemeldet.

Oke. Sagt Pe, weil er den Unterschied nicht so recht ausmachen kann.

Sie machen einen großen Schritt über die Ameisenstraße hinweg.

Pe blickt noch einmal zurück, aber ihm fällt nicht ein, was man tun könnte, damit die Kolonne es schneller über die Straße schafft.

Ich wollte es euch schon auf der Fahrt erzählen. Sagt Kriedel.

Macht nichts. Sagt Pe.

Danke. Sagt Kriedel.

Für nichts, sagt Pe, und dann denkt er: Jetzt rede ich wieder wie Ona.

Hoffentlich kommt jetzt kein Auto, sagt Kriedel und zeigt auf die Ameisen.

Hoffentlich nicht. Sagt Pe. Und am liebsten würde er jetzt warten, bis alle Ameisen die Straße überquert haben. Aber der Strom bricht nicht ab.

Der nächste Satz, den Kriedel spricht, richtet sich an Levi.

Ich kann heute nicht mehr surfen, sagt Kriedel und will sofort an Levi vorbeigehen zu ihrem Zimmer.

No, schreit Levi so laut, als hätte Kriedel etwas sehr Verbotenes gesagt.

Pe muss lachen, und Kriedel lächelt, und immerhin bleibt er stehen. Und dann geht Levi zu Kriedel und schlingt seine nicht so langen Arme um den sehr langen Kriedel, der einen ganzen Kopf größer ist als er, dabei klopft er ihm auf den Rücken und sagt irgendetwas, was Pe nicht verstehen kann.

Kriedel lacht darüber, dann wiegt er für einen Augenblick den Kopf, und als Levi wieder etwas sagt und wieder auf Spanisch, sagt Kriedel: That's right. Und dann lächelt er. Lächelt und streckt die Brust heraus und dann die Arme in die Luft, als wolle er die Decke der Surflodge erreichen, aber die ist zu hoch für ihn.

Und dann ruft er plötzlich ganz laut ›ahhhh‹ und geht auf die Terrasse hinaus.

Und plötzlich fällt Pe ein, dass er zwei Stunden nichts von Ona gehört hat. Und dass Ona einmal gesagt hat: Man darf sich selbst nicht vergessen beim Lieben, und dann hat sie gelacht. Keine Ahnung, warum er jetzt daran denkt. Das war, als sie das Video mit dem Blaufußtölpel angeschaut haben, der beim Balzen immerzu seine Füße hergezeigt hat. Als wisse er, dass es die schönsten Füße sind, die man haben kann.

Ich habe auch schöne Füße. Hat Pe gesagt.

Was stimmt.

Sie ist mit dem Fahrrad unterwegs, sagt Polina, als Pe nach Ona fragt. Sie wollte euch suchen.

So, sagt Polina, I hope, she is waiting at the beach.

Levi hält Kriedel die Hand hin, give me five, sagt Levi, und Kriedel schlägt ein. Er lacht. You found Matilda! Cool.

Yes, sagt Kriedel. Und dann sagt er: No. Not really.

Her house. Sagt Pe.

No problem, sagt Levi.

Pe lacht, er zuckt mit den Schultern. Doch, sagt er. Und es fällt ihm zum Teufel nicht ein, wie er auf Englisch so ›doch‹ sagen könnte, dass es genau gleich klingt wie auf Deutsch. Und weil es ihm nicht einfällt, sagt er noch einmal: Doch! Weil es ist schon ein Problem.

Aber Levi hat sich schon umgedreht und geht den Flur entlang. Keine halbe Minute später trägt er Big Daddy vors Haus. Er legt das Brett neben sein Auto, und als er hereinkommt, sagt er: Otto muss surfen. Er macht Paddelbewegungen mit beiden Armen, und Pe denkt, dass Otto kein Name ist für Kriedel.

Levi holt zwei weitere Boards: All right?, fragt er, als er sie Pe zeigt.

Oke. Sagt Pe.

The wave ist big today. Sagt Levi.

Pe würde gerne wissen, was Levi zu Kriedel gesagt hat, der ohne Probleme einwilligte, mit zum Strand zu gehen.

Wir kommen jetzt auch, schreibt Pe an Ona, bevor sie die Bretter in den Käfer laden. Weil Kriedel das so will, weil Kriedel Levi sogar gezwungen hat, die Bretter wieder aus seinem Passat herauszunehmen. Kriedel öffnet die Dachluke des Käfers, und von oben hebt Levi das leuchtend blaue, neun Fuß lange Big-Daddy-Board hinein, bevor Pe die beiden Shortboards durch die Tür in den hinteren Fußraum stellt. Neben Big Daddy schauen sie aus wie Spielzeug.

Einmal will ich aussehen wie ein echter Surfer, sagt Kriedel, der jetzt immerhin sein Jackett ausgezogen hat.

Levi wirft die Neoprenanzüge durch die Dachluke ins Auto und quetscht sich auf die Rückbank. Pe setzt sich neben Kriedel, der die Fensterscheibe herunterkurbelt. Dann macht Kriedel den CD-Spieler an.

Pe weiß, was jetzt kommt, und als er lacht, lacht auch Kriedel und sieht plötzlich so fröhlich aus, als hätte er Matilda gerade seinen ersten Cutback vorgeführt.

There is no combination of words I could put on the back of a postcard, no song that I could sing, but I can try for your heart. Our dreams, and they are made out of real things, singt Jack Johnson mal wieder, und hinten im Auto benutzt Levi Big Daddy als Schlagzeug.

Ona ist nirgends zu sehen. Pe stellt sich auf die Steine neben der Treppe, versucht mit der Hand seine Augen zu schützen, weil die Sonne in der Brandung so sehr reflektiert, dass es ihm wehtut in den Augen. Aber er sieht sie trotzdem nicht. Am Strand sind jetzt viele Familien. Freitag, denkt Pe. Es ist Freitag. Aber eigentlich ist es egal. Hauptsächlich Einheimische sind das wahrscheinlich. Pe weiß nicht mehr genau, was Ona angehabt hat am Morgen. Das T-Shirt mit den roten und blauen Blockstreifen und die Jeans? Oder einfach nur so ein rotes Shirt und die Jeans? Sicher nicht das Froschkleid. Im Frosch kann man Ona überall sofort sehen, niemand kann so schön sein wie

Ona in ihrem Frosch. Immer wenn sie irgendwo hinfährt, legt Ona ihn in ein Baumwollsäckchen und ganz oben auf ihre Tasche. Tatsächlich sieht der Frosch sofort wieder gut aus, wenn sie ihn herausholt. Pe setzt sich auf die Steine unterhalb der Treppe, legt sein Surfbrett vorsichtig neben sich und tippt eine Nachricht: *Wir sind jetzt auch am Strand. Wo bist du?*

Er hört Levi hinter sich mit Kriedel sprechen. Sie bleiben stehen, er hört, wie Levi Kriedel etwas über den Swell erzählt, und ohne zu schauen, weiß er, dass Kriedel immerzu nickt, weil Kriedel eben alles weiß über das Surfen, alles, was man nur irgendwie wissen kann.

Pe steht auf, zieht die Flipflops aus und geht langsam über den Strand nach vorne zur Kante, die die Wellen lecken.

Weit hinten, am Ende der Bucht, sitzen ein paar Jungs neben ihren Brettern und schauen aufs Meer. In etwa einer halben Stunde ist Low-Tide.

Pe sieht keine ›big waves‹. Aber egal. Die Wellen, die in die Bucht hereinrollen, sind perfekt.

Ona hat die Nachricht noch nicht gelesen.

Gehen wir wieder nach hinten? Fragt Kriedel, der jetzt hinter Pe steht.

Unbedingt. Sagt Pe. Aber da geht auch schon Levi mit dem fetten Big Daddy und seinem eigenen kleinen Brett die Wasserkante entlang. Er trägt beide auf dem Kopf. Was gut aussieht.

Er lässt nicht zu, dass ich es selbst trage, sagt Kriedel und zeigt auf das Big-Daddy-Brett.

Weil er dich mag, sagt Pe.

Es ist mir unangenehm. Kriedel schaut skeptisch.

Macht er nur, weil es cool aussieht. Sagt Pe. Er schaut auf sein Handy. Ona hat die Nachricht immer noch nicht gelesen.

Jemand winkt vom Strand aus, aber in diesem gleißenden Licht kann Pe nicht erkennen, wem das gilt. Sie sind zu fünft am Line Up, und obwohl die Wellen gleichmäßig in die Bucht hereinlaufen, sind wenige dabei, die so viel Kraft haben, dass es sich lohnt, sie zu nehmen. Levi steht mit Kriedel, der unermüdlich ist, ohne dass er bisher auch nur einmal den Take-Off geschafft hat, im hüfthohen Wasser. Pe hört sie lachen, wenn er eine Welle nimmt und an ihnen vorbeikommt.

Wie lange braucht man, bis man aufs Brett kommt?, hat ihn Kriedel am Abend davor gefragt.

Drei Tage, fünf Tage, zwei Wochen, hat Pe gesagt und gelacht.

Dann schaff ich es ja in meinem nächsten Leben. Hat Kriedel gesagt.

Pe wusste nicht, ob das ein Scherz war. Manchmal denkt er so was auch. Nächstes Leben, Leben nach dem Tod. Keine Ahnung. Dann könnte er Dani fragen, ob er überhaupt jemals den Gedanken gehabt hat, es könnte ihm etwas passieren.

Gestern noch hatte er ein schlechtes Gewissen, weil er einfach rausgepaddelt ist und Kriedel Levi überlassen hat. Aber Levi mag Kriedel. Und er ist ein guter Lehrer.

Nun winken zwei Personen.

Pe kneift die Augen zusammen. Er schaut zu den anderen Surfern, die sich alle nicht dafür interessieren, was am Strand passiert. Alle schauen hinaus aufs Meer, um das nächste Set abzupassen.

Kriedel schafft es, sich aufs Brett zu knien, dann nimmt er einen Fuß hoch. Er kippt nach rechts, taucht unter, taucht wieder auf, streicht sich das Wasser aus dem Gesicht und den Haaren. Levi geht ihm entgegen.

Es ist nicht gut, über die Knie aufs Brett zu kommen, dann schafft man es nie richtig. Wahrscheinlich sagt Levi ihm das. Egal. Kriedel ist wieder aufgetaucht, er lacht.

Wieder winkt jemand. Es sind zwei Frauen. Die eine trägt ein Kind auf dem Arm. Pe lässt die Welle unter sich hindurchlaufen. Der Surfer neben ihm hat sie genommen. Als die nächste Welle anrollt, dreht er sein Brett, legt sich darauf, und nach zwei Paddelschlägen ist er schon auf dem Brett und auf der Welle. Obwohl das Brett nicht groß ist, hat es genug Volumen, um auch bei solchen Wellen zu surfen. Pe macht einen kleinen Turn, dann lässt er sich zum Strand gleiten. Er mag das gerne, so ganz lässig auf dem Brett stehen, als sei nichts leichter.

Es ist Ona. Und.

Kriedel hat das anscheinend noch gar nicht kapiert. Dass Ona nicht alleine ist. Kriedel ist total blind ohne seine Brille. Pe lässt sich aufs Brett hinabgleiten und fährt bäuchlings an den Strand.

Als er aufsteht, steht Ona schon vor ihm. Sie hat die Haare mit einem Tuch zusammengebunden und sieht wunderschön aus.

Hey, sagt sie. Und sie strahlt. Hinter ihr kommt die Frau mit dem Kind näher.

Und jetzt ist Pe sicher. Lieber Kapitän. Sagt er. Wasser läuft ihm über die Stirn in die Augen. Er wischt es weg.

Ona lacht.

Die Frau steht neben Ona. Sie schaut aufmerksam und Pe direkt in die Augen. Das Kind drückt den Kopf gegen ihre Schulter. Unter seiner bunten Ringelmütze schauen blonde Haare hervor.

Ich bin Matilda. Sagt die Frau. Sie lächelt, dann grinst sie.

Sie hat tatsächlich diesen krummen Zahn, denkt Pe. Pe, sagt er, ich bin Pe. Er versteht nichts mehr.

Ona grinst.

Und weil die Frau plötzlich an ihm vorbeischaut und Ona ihrem Blick folgt, dreht er sich um.

Kriedel steht keine zwei Meter von ihnen entfernt im Wasser. Er steht vollkommen still. Seine linke Hand drückt das Brett auf die

Wasseroberfläche, er muss sich dafür sehr bücken, und trotzdem verharrt er. In seinem Gesicht ist nichts zu lesen. Er steht nur da und schaut.

Ona denkt an die Glasglocke. Es ist, als ob sie nun alle darunter stehen.

Dann hebt Kriedel Big Daddy hoch und nimmt es unter den Arm. Levi steht neben ihm. Gemeinsam waten sie aus dem Wasser.

Matilda schüttelt den Kopf. Sie schaut viel jünger aus als auf den Fotos, aber auch dünner. Vielleicht liegt das an den weiten Shorts und dem großen T-Shirt, das sie trägt. Ihr Gesicht ist kantiger. Nicht so weich.

Das glaube ich nicht! Sagt Matilda. Sie schüttelt den Kopf.

Und jetzt lächelt Kriedel. Doch. Sagt er. Das bin ich.

Dass du surfst, sagt Matilda.

Schaut das schon so aus? Fragt Kriedel.

Matilda lächelt. Ja, sagt sie. Schaut so aus.

Pe geht einen Schritt zur Seite. Ona geht ihm nach und steht so nahe, dass Pe ihre Hüfte spürt.

Kriedel und Matilda schauen sich an. Niemand spricht etwas.

Bis Levi sagt: Hola! Er sagt es so, als kenne er Matilda.

Hey, sagt Matilda, sie sagt es so, als kenne sie Levi nicht.

Kriedel bückt sich und öffnet das Band an seiner Fessel, das die Leash mit seinem Surfbrett verbindet.

Muss ich das jetzt verstehen? Fragt er zu Ona gewandt, als er sich wieder erhebt. Dann wandert sein Blick zu Matilda.

Ona lächelt. Matilda schüttelt den Kopf.

Hey, sagt Levi noch einmal, er winkt dem Kind, das ihn immerzu anstrahlt und die Finger aus dem Mund genommen hat.

Lotte. Sagt Levi und zeigt auf das Mädchen.

Matilda runzelt die Stirn. Das kleine Mädchen lacht.

Kindergarden. Sagt Levi. With my son.

Matilda fasst sich mit der Hand an den Kopf. Dann lächelt sie Lotte an. Du kennst ihn? Fragt sie.

Lotte nickt. Flavio, sagt sie und zeigt auf Levi.

Levi, sagt Levi und zeigt auf sich. Er wackelt mit dem Kopf, sodass Lotte lachen muss.

Soy Matilda. Sagt Matilda.

Lo pillo! Levi lacht.

Lieber Kapitän, sagt Pe. Könnt ihr uns das vielleicht erklären? Sagt Pe zu Ona.

Als Trixie und Matilda zur Tür hereinkommen, werden die Italiener für einen Augenblick leise. Auf dem Bildschirm läuft wieder World Surf League, einer von den Jungs macht so ein verschärftes Jungsgeräusch, für das sich Pe sofort schämt. Aber Trixie ist schneller.

Mach dir in die Hose! Sagt Trixie und macht so eine Bewegung mit der Hand hin zum Schritt, die alles sagt, aber noch nicht alles zeigt.

Levi lacht. Die Jungs kichern, als wären sie dreizehn, dabei sind sie wenigstens dreiundzwanzig, und erst als Levi zur Couch hinübergeht und etwas zu ihnen sagt, werden sie still.

Okay. Sagt einer, und dann stehen alle auf und gehen auf die Terrasse.

Polina kommt aus der Küche: You've brought Lotte to my mother? Fragt Polina.

Yes, sagt Trixie: But I did not know, that Flavios grandma is your mother. Until today.

Kriedel steht auf der Terrasse. Er trägt wieder sein dunkelblaues Nadelstreifenjackett über seinem T-Shirt, das diesmal grün ist. Pe findet, er sieht noch viel cooler aus, seit er so viel Sonne abbekommen hat und sich die dunkle Brille elegant abhebt von seinem etwas gebräunten Gesicht. Als er Matilda sieht, kommt Kriedel herein.

Er schaut so ernst, als hätte er ein bisschen viel nachgedacht in der letzten Stunde. Matilda lächelt.

Hallo, sagt Kriedel.

Mister Surferman! Sagt Matilda schon von Weitem, und Pe sieht, wie Kriedels Gesicht sich sofort entspannt.

Matilda fasst Kriedel am Arm, so wie Kriedel ihn manchmal anfasst, freundlich und zugewandt und ein bisschen zärtlich.

Kriedel bewegt sich nicht. Er steht fast still, und sein Blick liegt vollkommen ruhig auf Matildas Gesicht.

Matilda weicht ihm nicht aus.

Pe hat keine Ahnung, was Matilda und Kriedel in den zehn Minuten, die sie vor dem Essen alleine auf der Terrasse waren, gesprochen haben. Sie standen am Zaun, wie er und Ona am Abend zuvor, und haben der Sonne zugeschaut beim Untergehen. Es wirkte nicht, als ob sie intensiv redeten, aber es sah so aus, als ob sich ihre Körper mögen. Jedenfalls hat Ona das behauptet. Manchmal sah man Kriedel die Hand heben, auf irgendetwas weit hinten zeigen, und wie Matilda antwortete. Wie ihr Körper seiner Hand folgte und wie beide wieder still standen.

Und obwohl sie das eigentlich nicht wollte, mussten Pe und Ona immer wieder hinschauen.

Schön ist sie aber schon. Sagte Ona. Aber anders als auf den Fotos.

Meinst du, sie kommen wieder zusammen? Fragte Pe.

Ich bin sicher, sagte Ona. Sieht doch jetzt schon so aus.

Pe war sich nicht sicher. Was wussten sie schon von Matilda?

Außerdem, wie leicht ging das, dass man dachte, der andere versteht einen nicht.

Matilda hat Ona nichts vom Kind erzählt, aber Ona hat Pe vom Kind erzählt.

Anton, hat Ona gesagt. Was für ein schöner Name.

Das Buch von Kriedel lag wieder auf dem Tischchen neben seinem Bett, so als habe es da immer gelegen.

Sie können noch eins bekommen, hat Ona gesagt. So alt ist Matilda auch nicht. Da saßen sie, nachdem Pe sich geduscht hatte, auf den Stühlen auf der Terrasse, Onas Füße lagen bei Pe im Schoß, und wenn Pe sie umfasste, reichten seine Hände rund um sie herum.

Vierzig. Hat Pe gesagt. Geht das da noch?

Ona hat lachen müssen.

Aber Kriedel ist dann ein alter Vater. Hat sie gesagt.

Aber ein cooler. Pe strich dabei mal wieder seine Haare so aus der Stirn, dass sie sich über die Narbe legten wie ein weicher Verband. Und Ona liebte das.

Ein cooler bestimmt. Sagte sie.

Lieber Kapitän, aber wenn das Kind so alt ist wie wir, ist er siebzig. Ich kenne niemanden, der cool ist mit siebzig. Hat Pe geantwortet.

Und Ona so: Ich aber, musst mal meinen Opa kennenlernen!

Auch wenn er noch einen Augenblick gezögert hat, hat Pe gesagt: Und deinen Vater! Und er hat gesehen, wie Ona plötzlich strahlte, wie sie nickte, mehrmals, so, als habe sie sich immer schon gewünscht, dass er das sagt, oder wenigstens schon länger.

Er dich auch, hat Ona gesagt. Ich hab mich nur nicht getraut, dich zu fragen.

Und bevor Ona noch etwas sagen konnte, sagte Pe: Sollen wir reingehen, Polina und Levi beim Tischdecken helfen? Er hob Onas Füße an und stellte sie auf den Boden.

Ona sprang auf. Sie ahnte, dass Pe Angst hatte, ihr seine Eltern vorzustellen. Eigentlich wusste sie es sogar. Aber vielleicht hatte er irgendwann keine mehr.

Kriedel sitzt wie der Vorsitzende oben am Tisch, obwohl er sich gewehrt hat. Aber Polina hat keinen Einspruch zugelassen.

Ich koche, hat Polina gesagt, also entscheide ich.

Die Matilda, die neben Kriedel und Pe gegenüber sitzt, wirkt zerbrechlicher, als Pe und Ona es erwartet haben. Und leiser. Neben Trixie, die sofort mit allen spricht, wirkt sie sogar schüchtern, und Ona denkt, dass sie vielleicht bei Kriedel, damals als sie in den Laden kam, etwas entdeckt hat, was sie frei sein ließ. So wie Ona bei Pe etwas entdeckt hat, was sie so sein lässt, wie sie ist. Für Pe muss sie nicht anders sein, als sie ist.

Pe beobachtet Kriedel. Weil Kriedel ist gar nicht gelassen. Obwohl er sich, wie Pe findet, kein bisschen anstrengen muss. Matilda ist ihm zugewandt. Aber Pe hat inzwischen auch verstanden, dass Kriedel sich erst wirklich entspannt, wenn alles gesagt ist. So wie auf dem Heimweg von Trixie. Kaum hatte er ihm von Anton erzählt, ging Kriedel weniger geknickt, oder jedenfalls kam es ihm so vor, schaute Kriedel so über die Felder, als ob sein Blick plötzlich wieder Felder sah, und auch Pe hatte das Gefühl, die Natur machte wieder Geräusche, und sie hörten alles. Das Geschrei der Möwen und das Zwitschern von anderen Vögeln und das Summen von Bienen und irgendwann sogar das Geschrei von Eseln und immer den Wind, der zugenommen hatte seit dem Morgen. Der Himmel war vollkommen wolkenlos und also voller blauer Füße. Wenn er das Ona sagt, dachte Pe. Er muss es Ona sagen. Aber dann vergaß er es sofort wieder. Bis eben.

Pe versucht, nicht auf Kriedel und Matilda zu achten, aber es war schwierig, weil bei allem, was sie sagen, etwas anderes mitschwingt.

Bist du froh hier?, fragt Kriedel Matilda.

Und Pe findet, dass er ausschaut, als habe er Angst vor einer Antwort.

Froh? Fragt Matilda. Pe will am liebsten gar nicht zuhören.

Also zufrieden. Fragt Kriedel, und kurz schaut Pe noch einmal hin, weil er wissen will, wie Kriedel guckt, und dann schaut er wieder weg. Kriedel schaut wie bei einer Aufnahmeprüfung. Pe findet, Kriedel hat das nicht nötig. Kriedel ist großartig, und Matilda hat das doch schon bemerkt.

Ich kann hier gut arbeiten, ich mag das Haus, ich mag das Meer und das Klima. Sagt Matilda, deren Hände, anders als die von Ona, meistens sehr ruhig in ihrem Schoß liegen oder auf dem Tisch. Matilda wirkt entspannt, denkt Pe, aber vielleicht stimmt das auch gar nicht.

Warst du zu Hause, ich meine …, dann unterbricht sich Kriedel. Er nimmt einen Schluck Wasser. Gibt es eigentlich auch Wein?, fragt er Pe.

Pe schiebt den Stuhl zurück. Bestimmt. Sagt er.

Matilda sagt: Ich weiß, was du meinst.

Food is ready, ruft Levi und kommt mit einem riesigen Tablett aus der Küche. Hinter ihm geht Polina und trägt eine große weiße Schüssel voller knuspriger Hühnchenstücke.

Backhendl, denkt Pe. Aber es riecht nach Asien. Er steht auf.

Ich weiß gerade nicht, wo zu Hause ist, sagt Matilda.

Ich schau nach Wein, sagt Pe zu Ona und Trixie, die schon die ganze Zeit so miteinander reden, als hätten sie sich ihr Leben lang verpasst.

Polina hat es gewusst, sagt Ona zu Pe und zeigt auf das Tablett in Levis Händen.

Was hat sie gewusst?, fragt Pe.

Er hört, wie Kriedel sagt: So geht es mir auch.

Dass wir am Abend eine Familie sind, sagt Ona.

Hast du geträumt?, fragt Ona leise, aber Pe schläft fast noch. Er spürt seine Füße an Onas Füßen, und das ist oft so, wenn sie zusammen übernachten. Ihre Füße berühren sich immer, wenn sie aufwachen, niemals die Hände und ganz selten sonst noch ein Körperteil. Meistens liegt Ona nach rechts auf der Seite, und Pe liegt auf dem Bauch, aber die Füße liegen beieinander. Dabei sind es beim Einschlafen Onas Knie, die in Pes Kniekehlen liegen, und Onas Bauch an Pes Rücken. Selten andersherum.

Manchmal liegt Pe auf dem Bauch, und Ona liegt an seine Seite geschmiegt, das rechte Bein über seinen. So können sie gut einschlafen.

Ja, ich habe was geträumt, flüstert Pe, und er legt sich so auf den Rücken, dass er nur das Weiß der Decke sieht.

Wir sitzen in einem Flugzeug, und du hast einen Vogel dabei in einem Käfig, und der Vogel kann durch die Gitterstäbe klettern, und das soll er aber nicht, und … mehr weiß ich nicht mehr, sagt Pe.

Wo sind wir hingeflogen?, fragt Ona und drückt ihre Nase in Pes Wange, die gut riecht, nach Schlaf und Vanille vielleicht oder so was, sie weiß es nicht.

Keine Ahnung, sagt Pe. Weil, woher soll er es wissen. Sie sind nämlich nicht gelandet.

Aber das musst du doch wissen, sagt Ona leise.

Ona weiß sehr viel aus ihren Träumen, und ein wenig war das, als führte sie in Träumen ein zweites Leben. Sie liebt dieses zweite Leben genauso wie das erste, nur anders. Das kann man nicht so einfach erklären.

Ich wäre mit dir zu den Galapagosinseln geflogen. Sagt sie.

Pe setzt sich vorsichtig auf. Ja genau. So einer war das, sagt er.

Aber warum war der Blaufußtölpel im Käfig? Fragt Ona. Ich hab noch nie einen Blaufußtölpel im Käfig gesehen.

Ich schon!

Dann sind wir wahrscheinlich da gewesen? Sagt Ona.

Wo?

Auf den Galapagosinseln. Pe spürt, wie sich Onas Lippen an seinem Hals bewegen.

Weiß ich doch nicht. Sagt Pe.

Oder Mexiko vielleicht noch. Sonst könnten wir nicht so einen Vogel dabeihaben, sagt Ona.

Stimmt, sagt Pe.

Aber du musst doch wissen, wenn du auf den Galapagosinseln warst. Sagt Ona viel zu laut.

Psst, sagt Pe, sei doch leise, sonst wacht er auf.

Ona drückt ihre Nase in seinen Hals.

Kann man da surfen? Flüstert Pe.

Soviel ich weiß, sagt Ona.

Ich glaube nicht.

Was weißt du sonst noch aus dem Traum?

Nichts mehr, sagt Pe.

Waren wir mit dem Zelt unterwegs oder in einem Hotel?

Wir waren im Flugzeug.

Hatte der Vogel einen Namen?

Lieber Kapitän! Sagt Pe. Keine Ahnung.

Ona kichert.

Pe hält ihr den Finger vor den Mund.

Oke, oke, flüstert Ona, aber wie würden wir ihn nennen, wenn wir einen hätten?

Blaufußtölpel werden nicht getauft. Sagt Pe.

War das ein großes Flugzeug?

Pe rückt mit dem Po ein wenig nach unten, damit er Kopf an Kopf mit Ona liegt. Er nimmt ihre Hand, weil, vielleicht hört sie dann auf zu fragen.

Hast du im Flieger auch meine Hand gehalten?, fragt Ona.

Du hast ja den Vogelkäfig festhalten müssen, sagt Pe.

Ona hebt den Kopf. Sie schaut ihn sehr genau an, und Pe schaut nicht weg. Dann legt sie sich bäuchlings auf ihn.

Pe spürt Onas Herz an seiner Brust. Vermutlich spürt auch Ona sein Herz an ihrer, deshalb sagt er jetzt nichts.

Miniglossar fürs Surfen

Cutback: der Surfer, der gerade noch mit der Laufrichtung der Welle surfte, ändert mit einem Turn die Richtung und surft dem brechenden steilen Teil der Welle wieder entgegen

Duckdive: unter der Welle hindurchtauchen, indem man die Spitze/Nase des Surfbretts mit der Hand unter Wasser drückt

Funboard: kleineres Surfbrett, mit dem man gut Turns fahren kann

Goofy: wenn man ein Surfer ist, der den rechten Fuß vorne hat

Leash: die Leine, um das Brett am Bein zu befestigen

Line Up: der Abschnitt, in dem Surfer auf Wellen warten

Lip: der oberste Teil der Welle, wenn diese zu brechen beginnt

Longboard: mindestens neun Fuß langes, eher breites Surfbrett mit meist runder Nase

Low-Tide: Ebbe

Offshore: der Wind bläst vom Land weg, bedeutet steilere Wellen

Peak: Höhepunkt der Welle, wo sie als Erstes bricht

Set: mehrere Wellen, die regelmäßig hintereinander brechen

Softboard: Übungsboard für Anfänger aus weicherem Kunststoff

Swell: Dünung, also Wellen, die durch Seegang anstatt Wind entstehen

Shortboard: kleines Brett mit spitzer Nase, gut, um Turns zu fahren

Take-Off (auch Pop-Up): das Aufstehen auf dem Surfbrett

Tube (auch Barrel): ist die Röhre der Welle, durch die man surfen kann

Turn/Turns: die Fahrtrichtung ändern, indem man eine Kurve fährt

Weißwasser: Brandung, Wasser, nachdem die Welle gebrochen ist

Dank

Mit einem herzlichen Dankeschön an meine Gymnasiasten-Schreibwerkstatt im Münchner Literaturhaus samt Lena Gorelik, insbesondere der Spezialeinheit: Kitschpolizei!